柳内やすこ詩集

Yanagiuchi Yasuko

新・日本現代詩文庫
129

土曜美術社出版販売

新・日本現代詩文庫　129　柳内やすこ詩集　目次

詩篇

Ⅱ

21世紀詩人叢書46『地上の生活』抄（二〇〇二年）

詩集『夢宇宙論』抄（二〇一二年）

詩篇

詩集『輪ゴム宇宙論』抄（一九八九年）

疲れた牡蠣（かき）

牡蠣たちはくたびれていた
ロング・アイランドの懐かしい海を離れ
イリノイ州の研究所に着いてからも
二週間は故郷の海のリズムを守り
潮の満ちる時刻には口を開け
引く時刻には口を閉じた

「それにしても、
と牡蠣たちは口を揃えていうのだった
「この暗い水槽の味気なさ！
漸く時差ボケも治って
新しい土地のリズムにも慣れたが
潮がないので
太陽と月の引力に直接感応しなくちゃならない

「僕等が一せいに口を開けた時
丁度月が頭上に来ているといって
にんげんたちは感心していたが
にんげんの女たちも
地球を回る月の周期に合せて排卵したり
満月の真夜中や明け方に多く出産すると
いうではないか
もう何十年も
空を見上げるすべを忘れてしまっていても、だ

「思い起せよ！
太古から

貝も人も
明るい海や
青空の下で
端正なメロディーを
宇宙のリズムを
伸びやかに
奏で続けてきたことを

復習

三十億年前の海のなかで
最初の生命物質が発生した
それは地球をつくるすべての元素を少しずつ貰い
　受けた
一個の球体であったという
そして菌類から藻類へ
無脊椎動物から脊椎動物への永い進化の道程
羊水のなかで
胎児は復習する
受胎32日古代魚類の相貌
34日両生類
36日爬虫類
38日原始哺乳類
40日ヒトの面影がみえてくる

宇宙では
あらゆるところでいつも復習が行われている
ヒトの遺伝子が遥かなるヒトの歴史を記憶し
伝え続けていくように
水は海の歴史を
砂は陸の歴史を残らずとどめ
見えない位置で
奥深く繰り返されていく流れ

三十億年後の海のなかで
最後の生物が眠りにつくだろう
遺伝子はもう伝えることのできない相手に向って
ひとつひとつ夢みるだろう
いつか
放射能にまみれ
滅びの星で生き残り
苦しい進化をさらに重ねた日々の記憶を

対死カウンセリング

「死んだことがありますか」
と聞かれ返答に詰ってしまった
生れ変わり（輪廻）を信ずるのなら
もう幾度も死んでいることだろう

「二度目なら楽ですが
初めてでも恐れることはありません
安死も難死もあるけれど
案ずるより死ぬが易しといいますからね
死ぬ時は苦しいので
二度と死ぬものかと思うけれど
しばらくすればもう忘れて
また死ぬことができるものです」

カウンセラーは未開民族のxさん
背広姿の通訳氏は
木の葉を二枚つけただけのxさんの胸元を
時折チラリ盗み見しながら
「私たちの民族では
あの世で返す約束で借金することもできます
あなた方は盆や彼岸に死者と語らうと聞きましたが

近頃ではそのような慣習も薄れ
すっかり死を遠ざけてしまっているのです
それで死ぬのが恐くてたまらない人や
ちょいと死んでしまう人
〈対死不自然症候群〉というおかしな病気が
蔓延しつつあるというわけです」

「それでは死の恐れを取り除く舞踏をひとつ……」
xさん颯爽と立ち上がったが
待ったの声に少しく驚き
「おや、あなたは後者の症状でしたか
理由(わけ)もなく死にたくなるという口ですか」
「若い内にみだりに死ぬと
流死早死の癖がついて後で苦労することになりま
す
それから死んだばかりの魂を
駅のコインロッカーに捨てたりしてはいけません
……」

輪ゴム宇宙論

宇宙はごく細いパンツのゴムが一瞬にして悠久の時を駆けて一周して作られる。

輪の本質は閉じていることである。歴史は閉じている輪の上をたえまなく時計回りに進んでいる。従って歴史には始まりもなく終わりもない。現在は最も遠い過去であり最も遠い未来である。アダムとイヴは過去の神話であると同時に未来の神話である。宇宙に果てがないというのも同じ論理である。「ここ」は宇宙で最も遠い地点である。胎児は母親にとって最も遠い存在である。

ゴムの本質は伸び縮みすることである。従って時間は速く進むこともゆっくり進むことも可能である。宇宙が大きくなったり小さくなったりするのもこのためである。ゴムの伸び縮みについては後述の別次元の作用によるがまた変形することも可能であるからまれにひょうたん形になってくびれた部分が接触した場合歴史の流れが８の字になり半分逆行してしまうこともある。

平ゴムの本質は表と裏があることである。従って宇宙は交わることなく循環する一対の世界である。明白に二つの世界は生者と死者の住みかである。ねじれたメビウスの輪であるからどちらが表なのかは定かでない。時間の進行はそれぞれの世界で全く独立しているが魂は時間の流れを垂直に横切ることにより互いの世界を往き来できる。

ところで一方宇宙に果てがあるという場合がある。それは平ゴムの幅のことを言及している。ごく細いゴムであるから宇宙の果てはごく身近に存在している。

ブラックホールはいたる所に存在する。白いゴムの上以外はすべて暗黒の別次元なのだから。それは生でもなく死でもなく無機物でもなく歴史も言葉も感情もなく輪ゴム宇宙にないものがすべてある完璧な別次元である。

また歴史に始まりと終わりがあるという場合パンツのゴムが最初に一周した時点とやがて使い古されて切れてしまう時点を問題にしている。しかし両時点は輪ゴム宇宙外の別次元の作用に関するものであるから我々輪ゴム宇宙の住民には到底理解不可能なのである。

死者たちのバス

地球でも太陽系でも銀河系でもない
あらゆる宇宙というものの外へ
飛んできたらしい
私たちを乗せたバスが
突然宙を舞い転落していった
崖下の石くれの跳ねるのを
私は最後に見たけれど
不思議なことに私にはまだ肉体のようなものがあ
　って
心臓だって動いている
町内会の一同も皆元気に揃っていて
合唱の続きを口ずさんでいる者さえいる
運転手は奇跡的に助かったのか
彼の姿だけ見当らなくて
純情なガイド嬢は
止まったままのバスの説明に困っている
お詫びに取って置きの民謡を一曲
次の瞬間には
全員別の宇宙に生れ変わるのだけれど
この一コマは永遠のようにながいのだ

秋

（宇宙は今
本当に存在しているだろうか）

晩秋。
突然季節は深まり

突然私も深くなる
おちてもおちても少しもおちていないのに
気がつけば水面は遠のいていて

家並の長い影
停車している黒いジープ
本当は絶えまなく位置をずらし続けている
そして輪になって駆けていった
枯れた夏草
閉ざされたプールサイド

（生れ出たと思えばもう消えてゆくものを
存在といえるだろうか）

次々と木の葉は舞い散り
次々と記憶も舞い散る
忘れても忘れても少しも忘れていないのに
どうしても思い出すことができなくて
繰り返す。

それでも秋はまたやってくる

「透明体温計」の話

（詩人氏）最近物理学関係の本が結構おもしろいのですよね。例えば相対性理論では、走っている人の時間が遅く進んだり体重が増えるというわけでしょう？

（物理学者氏）相対論は古典物理学の代表として一部一般にも親しまれていますね。

（詩）「古典」ですか？

（物）我々は相対論も含め、測定という操作が対象にもたらす変化を考えない立場の物理学を古典物理学とよんでいます。今日では観測は関与であると考えているからです。

（詩）それはわかるような気がします。例えば人類学者がフィールドワークで未開民族の生活に参加する際、観察者としての彼の存在が彼らの文化に影響を与えてしまうということがいわれますね。人類学者は透明人間でなければならない。

（物）文化どころか人は自分の体温でさえ正確に計れないのです。体温計に触れたことでほんのわずかだが体温が下がってしまうからです。

（詩）すると体温計も「透明」でなければなりませんね。しかしそれを言い出したら実際きりがないでしょう。それでは人が衣服を身につけたことによる体温の上昇はどうなりますか。冷暖房、いえ日光や風によってさえ体温は変化するでしょう。また時間の経過によっても……

（物）それらはここでは問題ではない。測定器具としての体温計が問題なのです。

（詩）いいえ、人は全裸で自然と全く関係を持たずに生きるのではない。ある人の体温はその人自身だけでは成立しない。宇宙という時空の中での他との関係によってのみ体温は存在するのです。体温計もまた体温を存在させるために必要なのだ。未開人だって「現代」の未開人である限りむしろ文明人との接触を受けた状態の方が正しいように。

（物）あなたのおっしゃることもひょっとすると一理あるかもしれません。現代物理学の立場から公式化できるかどうか一度検討しておきましょう。さて、古典物理学に対する新しい量子物理学について説明を続けましょう。

（詩）いや、その前に私は「体温計の透明化」と「時空の存在」との関係についてじっくり考える必要がありそうです。もし全宇宙の存在が一人の人間の体温の存在のために不可欠であるとすれば、

体温を全く変化させない「透明体温計」の出現は
体温計の消滅のみならず全宇宙の消滅を意味する
のではないかという……

時間

扉の外は昨日よりも一層暗い
神の無い月のうちに
季節は急いで黒いハンカチーフを翻す
種も仕掛けもありません
次の瞬間一体何が現れるのか
枯葉のように
私の内部にひらひらと降り積った多くの時が
息を詰めて指間からそっと見開いているような夕
　暮れ
言葉は七色の化石になっています

長い間さ迷ったけれど
行く先が見つからないので。

裏口から忍び出る
人影のないいつもの通り
古い町工場の電球の明かりが懐かしい
家並の表札の消えてしまった文字を辿る
欲しいものは

命でもない
愛でもない
例えば空に刻まれた永眠者たちの名簿のように
ゆるぎないもの
あるいは形のない事物

長年付き合った住人が出て
五日足らずで解体作業の終わった隣家

私にはもうその家の細部を
思い出すことさえできないけれど
春になれば古い家の記憶を
ひとつひとつ織り込んでいくようにして
新しい家が生れる予定の
聡明な空地、
のようなもの。

産んだ場所

車や自転車で通りかかるたび
階を数えて私は見上げる
田んぼのなかに今日も静かに佇んでいる
その白い建物の三階の一室で
私は二人の子を産んだ
それは地上十数メートルの空間だから
もしも建物がなくなれば
空にポッカリ浮かぶのである
私には地名や番地で捉えきれない
不確かなところが
私の産んだ場所である
地球が回転していることを思えば
私が長女を産んだところと
長男を産んだところとは
本当は宇宙のなかで
遠く隔たった場所なのだろう

昭和五十八年六月七日午前一時二十分の
奈良県天理市富堂町三百番地の十一の〈上空〉と
昭和六十一年四月四日午前四時三十五分の
同〈上空〉
私にとってはとても大切な場所なのだけれど

夢の宇宙

宇宙はその始まりの時以来、外部より何か——物質や精神のようなもの——を供給されたことがあるだろうか？

ＴＶでは、数百億年の昔ビッグバンの後、生れたばかりのドロドロのスープ状の宇宙の中に、今の宇宙のすべてのもの——私たちも——がドロドロのスープとしてそこにちゃあんと存在していたのだと重大気な、ドラマチックな語り口で強調していた。

それは新生児の卵巣に、すでに次代の子をなすための卵子が満たされていることのように、すべては、私たちは、はじめから幼い宇宙の中で用意され、待機していたのだろうか。それとも、胎児が母体より栄養を受けて育つように、宇宙もまた外部より何か沢山のものを常に受けて、大きくなったのではないだろうか。

（私という物質と精神の一部あるいは全部はいつどこからどんな手口で外部より供給されたのだろう？）

午前零時しんどくてたまらないという夢から目覚めてしんどくてたまらない。十五センチメートル障子の透き間の闇の中に何かとても確かなものが凛として立っていてひどく私をおびえさせる。それは今私に急接近しており、とてつもなく遠くにとどまる。シャワーのように裸の私に冷たい霊気を浴びせかけ、同極磁石のように私から走り去る。それは悲しみに輝いている。母性であり、幼な子である。

私は頭痛がして眠れないと独りごちながらもう

再び深い眠りにおちている。

夢の中で、私は幾度過去を、同じ出会いと別れとを繰り返したことだろう。繰り返されるのは過去だけではない。未来も繰り返される。そしていつも今という時だけが宇宙の中でただひとり取り残される。

私は愛する夫と二人の子を儲け若く幸せの絶頂にいた。私は今死んでもいいと思われた。私は愛のあまり自分を失うことができた。

こんな時だ。別の宇宙でもう一人の私が別の愛に包まれて今高らかに産ぶ声をあげている。

たぶん、宇宙が生きているのでもなければ死んでいるのでもないことのように、私は生きているのでもなければ死んでいるのでもない。今という確かであるがゆえに不確かな時がここにあり、ここにないことのように、私は宇宙の内部にも外部にもはじめからあったために未だかつてどこにもあったことがない。そしてはじめからすべてを含み、かつ外部より沢山のものを受けて膨らんでゆく宇宙もまた。

夢のように生れ、夢のように死んでゆく私は夢だ。
夢のように生れ、夢のように死んでゆく宇宙は
夢だ。

影

ものの存在が悉く影をつくる日
広い歩道の

陽の当る部分を選んで歩く
こんな心地よい晴天の空の下
大小の建物も
葉の落ちた街路樹も
道端に転がった小さな箱も
在るものはみなそれぞれの大きさで
暗い影をかたちづくる

光があるから
影が生じるのだろうか
そうではなくて
存在するということが
影を負うということなのだ

こんな陽に照らされて
影を引いた私が
影を引いた子供を連れて行く
しっかりと
手をつなぎ合って

バイバイバイ

私は見ていた
初めての靴をはいて
子供がひとり
ヨチヨチと隣家の庭を進むのを

子供は裏口から覗き
笑って手を振った
老人が奥から現れ
「坊やが誘うよ」と微笑んだ
子供は私の方へと戻りながら
振り返っては老人に手を振った

老人は手など打って
ハイハイと子供についてきた

私は見ていた
子供と老人とが
無心につかのまの触れ合いをするのを
そして心を痛めていた
（この子が手を振るのは
まださようならの意味しかないのに――）

バイバイバイ
子供は老人を招いたのではなく
さようならと手を振ったのだ

返信

死んだ男からの年賀状は
例年通りお元気ですかで始まる
何か変わったニュースはありませんか
一度お目にかかりましょう
例年になく丁寧な文面でもなく
字が少し乱れているという風もなく
例年通り今年もよろしくで簡潔に締めくくる

変わったことといえば
年末慌しくポックリ逝った男の話
あなたとは数日前の葬儀でお会いいたしました
私は思うところがあって
近頃幸福に暮しています

不足は将来の楽しみにして
現状をいつくしむことにしています
けれども幸福とは
時折死の影におびえることでしょう
私自身のというより
私のいちばん大切なものたちの死が怖い
どうぞ平穏無事でと願うけれど
本当の祈りは
何があっても耐える力を与えて下さいと祈る
幸福であればあるほどひたすら祈る
あなたは
もう不安ではありませんか
今頃はどのような風光明媚を
一人で旅しているのでしょうか

微笑み

なくしてしまいそうで
なくすことはできなくて
力の限り抱きしめてきたものを
なくした
弱く生れた子供を
どうしようもなくいとおしみ
突然なくしてしまったひとが
今年も母親たちの輪のなかで
微笑んでいた
子供祭りの日に

大切なものを持ったときから
臆病になる

ＴＶで作りものの誘拐劇にも涙してしまう
なくしたくない
こんなにも可愛いものを
なくしてしまったひとが
微笑んでいた
夏の日に

宇宙は本当はどこにもなくて
みんな幻のように生きているのに
こんなにも苦しいと
生きにくい時が確かにあって
それでも生きているということは
微笑んでいることでしょう
幻のなかでずっと
大切に抱きしめてきたものを
なくしてしまったひとの微笑みが
それでも生きているということの
透き通っていく美しさです

二十二世紀の女たちへ

八ケ月を過ぎると腹の出方によって
へそは押しつぶされて一文字になるケースと
どんどん出べそになるケースがあります
へそを通ってまっすぐ上下へ
細い黒い色素の線がのびて
腹の周りの骨はゆるみ
立ち上がるたび恥骨がズキリ痛みます
風呂の中で胎児が動くと
右に左に腹が大きく変形するのを
見たり触れたりするのはよいです
腹の中が充実している感じがよいです
胎児は透けて見えないので

いろいろ想像がふくらみます
受精は太古からの方式で
男の子か女の子かは一応神様にお任せです
孕んだのちもあえて調べず両性の名を用意して
最後まで楽しみにすることが多いです
陣痛は耐えられるギリギリのものですが
子供を一人産んだ女は
いちばんきれいといわれます

母胎ロボットの妊娠経過は順調ですか
もう産まなくなった女たちへ

水葬

死んでしまったものはみな
早晩姿を消すだろう
ある朝一匹の黒い虫一羽の小鳥
一枚の枯葉が優しい雨に打たれ
ゆるやかに流される
たとえば街の片隅の細い溝のような場所で
慌しく行き過ぎる何千の人々の知らない時間に
儀式はひっそり執り行われる
舞い上がり
抗い
流され
沈み
一ミリずつ朽ちてゆく

生きていた証はすべて
早晩失われてゆくだろう
一枚の堅い皮一本の羽毛
一筋の繊維が生温い水にもまれ
少しずつ溶かされる

（この場所で雨は激しく降ることはない
多くの視線が注がれることもない）

死んでしまったものはみな
それぞれの慎ましい時間を越えて
一粒の柔和な雨に還るだろう

雨あがり

枯葉や
銀紙や
小さな虫の死骸を流す
雨がやんだ
街は死んでしまった子供たちのプレイグラウンド
だ

郵便ポストの裏にひとり
モータープールの陰にひとり
パン屋の角を曲がって
〈鬼〉の子が駆けてくる

風は
子供たちの弾む息
路傍の焚火は
子供たちの明るい会話だ

家並の奥で
生きている子供たちは
ひっそりと目を閉じている
秋の日の午後……

（モウイイカイ？

マアダダヨ――）

流れていく胎児たち

流れていく胎児たちは
やって来る素振りをみせて
するりと戻っていってしまう
そんなはかない生の芽を
なぜ神は与えられるのだろう
茶褐色の下り物があって
安静を言い渡されて
大出血とともにもう終る生があり
あるいは
無事に育ち始まっていく生があり
それは百年生きても夢のように死んでいく

すべての生ははかないということだろうか

「気づいた時は四ケ月で出血が少しあり
異常に小さい胎児です放置しましょう
と医師（ドクター）に言われました
私たちはそれでもずい分悩みましたが
何の手を打つ勇気もなく結局そのまま、
激しい出血でした」

「三ケ月で入院治療を受けていました
見舞に来た姑に
弱い子供なら堕（お）ろした方がいいと言われ
そのショックで本当に流れてしまった」

一方では
出血を止め順調な経過をたどって
産み月を迎えた私の胎児は

流れていった胎児たちのぶんまで生きるのではな
く
それぞれにはかない生を
それぞれに精一杯潔くはかなく生きるのだ
私たちはみな

沐浴

閉じた目をさらに細める
顔↓頭↓首↓腕↓胸…の順に
優しく洗う
反り返る構えを捨てて
湯の中でほぐれていく嬰児
頭を支えれば
柔らかく浮かんでいる
気持ちいいか

生れてきて
よかったか

美砂が生れた日
沢山の胎児が死んだ
虚しくなった腹が
それぞれの暮しに帰っていった

生れなかった子が神聖ならば
生れた子は英潔だろうか
生れないことの
おかしがたい清らかさ
生れることの
すぐれていさぎよさ

沈んでいった子と
浮いてきた子と

自らの意志ではないけれど
あるいは罪であり
あるいは愛である
大人たちの意志でもなく
ただひたすらに美しい魂たち

宇宙の裏側では
同じように沐浴しているのだろうか
秋の日の静かな午後

沈んでいった子と
浮いてきた子と

満ちる時

今少し微笑んでいる
温かいものを抱いて
私は謙虚な存在になる
生れてこようとするものの
生れてこようとする力を
全身全霊で受けとめて
満ちる時を待ちました
私があらねば
この温もりもまた生れなかった
そうではなくて
悲しみの時も
喜びの時も
時は満ちて
去ってゆくものの力と
訪れるものの力は満ちて
今少し泣きかけている姿もいとしい
こんなにもいたらない私のもとへ
来てくれてありがとう

生れてこようとするものの
生れてこようとする力は満ちて
喜びの時は満ちて

産む

カマキリの雌は交尾の最中
アクロバットのように弓なりに身体を反らし
むしゃむしゃと雄カマキリを喰いつくす

産む、ことのために
どのような残忍な方法も
滑稽な形態も成立する
子宮口を覗き込む医師
ずるりと血の混ったものが下りる
「指が三本入りました」

「なかなか出てこなくてね
一人が腹に馬乗りになり
一人が吸引したそうですよ」
ヒソヒソ話の大部屋の
片隅で低くうめいている人
また一人ストレッチャーで運ばれていく
「頭が出やすいようにってね
剃刀のようなものを構えておられるんだもの
いつ切られるかと思ったわ」

ゴムの長ぐつをつけ分娩台に釘付けされる
「この棒を握って下さい」
できることなら
晴れた日の野原のように

空の見える部屋がいい
多分
高い場所から降り落ちてくる
別の生命（いのち）を成就させるため
力の限り
カマキリも産む
人も産む

遠い国から

尽き果てたあとの力の
心地よい弛緩に戯れて
深夜私は分娩台に取り残される
しばらくは動かされない
天気予報や野球の話を交しながら
院長と助産婦は去った

看護婦は去った
赤ん坊も

隣室の明かりが点った
磨硝子の向こうには
少女と母親と不機嫌そうな若い医師と

血まみれのものを抱いて
帰ってきたという
一Kのアパートで
十五歳の家出少女が
たった一人でどうやって産み落したのか
臍帯を切ったのか

（傷口の手当が始まった
少女の啜り泣く声が洩れる）

それでも——
今日歓迎のメロディーは
少女の産んだ子の上にも
確かに流れているだろう

生れたことは
少女の力ではなく
赤ん坊の力でもなく
もっと遥かな力に突かれて

遠い国から
私たちの
新しい仲間がやってきたのだ

聡明なものへ

それは優しく
そして聡明な混沌だろう
人が死ぬと息は風に
語は火に
耳は方位に
眼は太陽に
思考力は月に還っていくと考えたのは
古代のインド人であったが
私もまた心に感じる
自然と溶け合い
日々私と触れ合っている
懐かしい死者たちの姿を

（アツイノハアカンデェ）
最後の言葉の通りに
座棺に入れ土葬された
九十二歳の厳格な義祖母（おばあさん）を
（オトコノコガウマレタユメヲミタワ）
そういって私のお腹を見つめたきり
生れた長男は見せることができなかった
三十九歳の話好きな義従姉（おねえさん）を
街では擦れちがっていく大勢の見知らぬ魂たちを

聡明なものへ
私は死を恐れる一方
死に信頼し憧れる
けれども私は死に急ぐことはしない
いちばん美味しいものを
最後に残しておくように
私は私の死を大切にとっておく

私は生に急いだ
精子は数億の仲間と競って
卵子との出合いの旅を急いだ
その時以来
私は急ぐことはなく
ただ一人の勝利者になることもない

それは明るい混沌だろう
生を受けなかった精子の群や
死者たちに照らされて
私の生もまた輝くことができるのだろう

詩集『プロミネンス』抄（一九九二年）

I

宇宙の子供

ある日虹色のランドセルを重そうに背負って
私の子供たちと一緒に私の家に帰ってきた
太陽のように熱い目をして
月のように優しく笑う
手足も背中もグニャグニャと柔らかいけど
およそ百メートルも先まで
美しい気品を漂わせている不思議な君を
私はひと目で宇宙の子供と気づいたのだ

三十億年前
地球をつくるすべての元素を少しずつ貰い受けて
発生した球体が私たちの生命の始まりであるなら
二百億年前
全宇宙の構成要素を残らず含んで誕生したのが
君の祖先だ
君は無重力で生まれたために骨と筋肉がほとんど
　ないが
地球のエッセンスをも確かに持っている君のこと
　だ
地上でも生きてゆくことができる

君は小学校でカエルの実験に夢中だという
カエルの卵細胞の最初の分裂は
地表面に対し正しく平行に二分される
そのことが驚きだと君はいう
（ヒトも胎児期より重力に頼っている）

私の子供たちと仲良く手をつなぎ
君は毎日朝早く出掛けてゆく
途中で大空高く舞い上がって寄り道するので
始業のベルには間に合ったことがない
君は先生に立たされ
一万メートル地球の上空のどこかで
ちっぽけな宇宙ステーションのように体を拡げ
べそをかいて浮かんでいた

土星のように輝く環（わ）を持つ
制服を脱ぎ捨て
君はどこかへ行ってしまった
あとには火星のように激しく隆起する希望を残し
私たちの先祖であり子孫でもある
生命の始まりであり終わりでもある
宇宙の子供が去っていった

地球は何ひとつ変わらず
大それて変化した
君と過ごした愉快で短い日々に
私たちは君の全身から絶えまなく放射される
とてつもなく神聖な愛の力に触れたのだ
少なくとも一億年は
滅亡の時を延ばした

イルカのパニック

イルカの産院は繁盛していた
太平洋のとある深海
臨月のメスイルカが体を横たえ
産み落とすのはＰＣＢ
尾を振り鰭（ひれ）を振りして
渋い顔のイルカの医師が取り上げる

〈一頭産むたび
母体のＰＣＢが減ります〉と
一体誰が宣伝したのか
医師のもとには得体の知れぬ
広告代の請求書も届いている

おかげで楽になりましたと
産んだ子の顔も見ずに
立ち去るメスイルカたちは後を絶たないが
一方では
不憫な子を産むことはできないと
避妊手術を望む
心優しいメスイルカもいないではない

あるいは
汚染のひどい北海より
はるばる子宮腫瘍の治療を求めて
メスアザラシも連日訪れ
世界に一頭しかいないという
著名なイルカの医師の近況は
ほとんどパニック状態である

ダイオキシン

男たちは悩みました
ダイオキシン
寝ても覚めても
ＴＶでは二十四時間
新聞雑誌もほとんど全面
ダイオキシン
命を採るか
男を採るか

人類未曽有の珍問題――

青天の霹靂はある日突然、全世界の男たちと彼らを愛する女たちに、等しく鳴り響きました。かねてより、密かに世界中の頭脳（ブレイン）を結集して重ねられていた会議の結果、ついに声明は発表されるに到ったのです。

〈女たちよ、そして聡明なる男たちも、ヒトは皆いっせいに、乳を搾れ〉と。

事の成り行きは以下の通りです。二十一世紀初頭、世界に強い催奇形性及び発ガン性を持つ化学物質ダイオキシン公害が蔓延しました。これは二十世紀末頃より懸念されていたことですが、地球環境劣化による大気あるいは食物汚染の著しい進行が原因とのことです。

一度体内に摂取されてしまったダイオキシンは、蓄積され体外に排泄されません。しかし、水には溶けにくいが脂肪に溶ける性質から、唯一母乳の脂肪分に溶けて体外に流れ出ることができます。

そこで人類の衰亡を危惧する識者たち（科学、政治、宗教をはじめあらゆる分野のトップたち）は考えました。今こそは男も女も、緊急開発したホルモン剤の服用により、産婦のごとく豊かに胸を膨らませ、いっせいに乳を搾り、人類の体内からダイオキシンを一掃しようと。

声明は強制力を持ちませんが、命を選んだ男性は、特別に設定される生殖期間を除き、定期的継続的に乳搾りを励行する必要があり、そのためほぼ一生胸は盛り上がった状態になるとのことです。

尚、今後世界中で排泄されることになる、夥しい量のダイオキシン含有母（父）乳の安全な処理については、宇宙放棄の可能性等、早急に解決するべき難問題とされています。

Geep（ギープ）

遥かな宇宙より君は来た
地上の自然状態では
これまで決して生まれることのありえなかった
Goat（ヤギ）と Sheep（ヒツジ）の複合（キメラ）動物 Geep（ギープ）

君はヤギの両親による受精卵と
ヒツジの両親による受精卵とを
8細胞期において凝集した
キメラ胚を培養することによって
〈新しい生物〉として私たちの前に現れた

君のヤギの角とアゴと脚
ヒツジの肩と腰とおしり…
人はほとんど君を直視することができない
好奇心に満ちた一部の研究者たちを除いては
多くは神に懺悔したり
ばく然とした不安を抱いている

でも違うんだよね
君の星（君の故郷）では
仲間たちは皆
二匹のママと二匹のパパを持っているんだ
君は人の手で創られた珍獣ではなく
ごくありきたりの動物だった

ごめんね
住みにくいこの地上で
日々実験材料として使われる君が

つかのまの自由時間に
優しい目をして
狭い広場を駆けてゆく
やがて君の仲間が地上に増えても
違うんだ
人が君たちに生命（いのち）を与えたわけではない

いってらっしゃい

「それでは赤ちゃんから始めて下さい
この度の制限時間はあちらの単位で八十年と四月
　余りです
貴女はこれで三度目ですから先刻ご承知のことと
　思いますが
念のためマニュアルをお読みします

> 胎内に入るときは卵子大に縮まって下さい。
> 各自一生をかけて果たすべき使命が定められ
> ています。
> 使命は成育につれご自身で探って誠実に遂行
> して下さい。
> 一度で上手くやるのは難しいです。
> 失敗した場合はこちらへ戻られてからさらに
> 鍛練なさったのち新たな課題にて再挑戦とい
> うことになります。

記憶は一旦OFFされますのでお話しても無駄な
のですが
母親となる人は前回は貴女の第二子として夭折し
　た人ですから
どうぞ大切になさって下さい

何かご質問がございますか」

「夫となる人は前回も貴女の夫でした
貴女方はこちらへ帰ってこられてからも
深く愛し合い共に学ばれました
彼の魂は大変清らかですから
貴女にきっと良い影響を与え
使命を果たしやすくしてくれるはずです
貴女の注意すべきことは呉々も前回のように
貴女の方が彼の足を引っぱって彼の課題を挫折さ
せ
同時に貴女自身も破綻することのないようにとい
うことです
他に質問はありますか」

「あちらでの容姿は魂の本質ではありませんから
決して気になさってはいけません
言うまでもないことですが
修練を積んだ魂は自ら輝きを持っていて
肉体にも美しさがにじみ出るものです
たってのご希望とあらば前回や前々回よりも
少しだけ器量よく生まれるようにしてさしあげま
しょう
どのみち仮の姿ですからどうでもよいことなので
すが」

「もちろんご心配にはおよびません
すべての記憶はあちらでの新しい経験を含めて
いずれこちらにて復活します
成功するにせよ失敗するにせよ
貴女が尊いひとつの人生を精一杯走り終えられ
必ずやひと回り大きくなられてお戻りになるとき
を
楽しみにお待ちしています

まだ何か」

「確かに地球はこれから大そう困難な時代に向か
　うと思います
それでもどうぞ地球を生きて下さい
もはや土器の時代ではなく
産業革命の時代でもない
新たな時代の新しい人類を進んで下さい
さあ、もう時間です
それではご健闘を祈り慎んでお見送りいたします
いってらっしゃい」

位置

春風のつよい日
転居に伴い
植え替えをした黐（もち）の木の葉が
落葉樹のようにいっせいに落ちる
この先何十年にわたる
木の生の位置が定まり
リビングの窓から見える木と向きあう形で
日々の団らんのときを過ごす
私たちの位置も決まった

いつか訪れた老人病棟の大部屋で
永く寝たきりらしい老女が
予告なくベッドの位置を替えられていた
眺めの良い明るい窓際から
壁に囲われた陰気な片隅へ
看護人の冷たい言葉に
おびえたような表情だった

私は願っている

地上のどこに移されても
黐の木はまた新芽を吹いて育つだろう
子供たちは新しい学校へ元気に通う
そして老女にもきっと良い夢を見る夜があるだろ
う
暗いベッドに横たわったまま
地球とともに
遥かな宇宙の旅をして

私について

夜半、深い喪失感のうちに目覚めた。「ワタシ」にとって、掛け替えのないものを失った夢を見ていた。夢のなかで、全身、重苦しく、得体の知れない恐怖と不安とにかられていた。永い夢だった。

多くの人が、一度は考えてみることのように、もし夢のなかの「ワタシ」が本当の自分であり、現実のはずの「わたし」が幻のようなものであるとすれば、夢のなかの「ワタシ」の喪失は、「わたし」にとっても、あるいは「わたし」と「ワタシ」とをひっくるめた全体としての「私」にとっても、ゆゆしき事態だった。

夢のなかの「ワタシ」も、同様に考えたのだった。

「ワタシ」は、時間や空間を自由に往き来することができる。過去へも未来へも、地の果てまでも空の彼方までも、瞬時に移動する。長い間、それを自明のこととしていた。

ところがふと考えてしまったのだ。もしかすると、これは〝夢〟なのではないだろうかと。時間や空間というものには、本当は堅苦しい順序や方向や秩序といった、定まった決まりがあるのではないか。たとえば、今日の次には必ず明日が来るとか、人が一キロメートルを歩くのに約十五分かかるといったような。

ひょっとすると、「ワタシ」の脳のなかに住むもうひとりの、不自由で生真面目で退屈な「わたし」、あれが本当の自分なのではないだろうか。

突拍子もなく窮屈な発想に囚われて、すっかり混乱してしまった「ワタシ」は、すなわち自分自身を見失ってしまったのだった。

——頼りになるものは、「ワタシ」にとっても、「わたし」にとっても、〝重さ〟のようなものかもしれない。

夢のなかでも、目覚めた後も、自己の喪失感とともに感じた、心と体のずっしりとした重み。

失意や昏迷による疲労の与える、あの確かな重量感——。

恒星

五十億年燃え続けてまだ尽きない
白昼の街角で
久しぶりに出会った貴女が
瀟洒な輸入タバコを燻らせ
絶望について語っていたとき
象革のバッグや酸性雨や水質汚染等々
ありったけの知識による相槌で
私も深刻になりかけていたとき
喫茶店のガラス越しに受ける恒星の明るい光に
それでも私は執着していて
本当は愛の話がしたいのと心の奥で叫んでいたの

だ

じりじりと私は苛立ちを覚えていた
いつになく饒舌な貴女の背中に
八分前の恒星の情熱が届き
世紀末の惑星は変わりなく半球輝いていた

きっと百万光年の彼方にも
地球に似た生命の星があって
別の太陽に照らされながら
もうひとりの貴女が
やはり無知な私に語りかけているのだろう

私たちの退廃は
貴女の予言の千万分の一のスピードで
ゆるやかに進行し
やがてすべてが土に還った後も
さらに十億年の空虚な日々を
恒星はただ懐かしく温めるだろう

無くしたもの

何を知ろうとしているのだろう
私たちは
莫大な経費と
科学の力で
推定二百億年前の
始まったばかりの宇宙の姿を
それからどのように宇宙が進化してきたか
現在の詳細な宇宙のデータを
ETがいるかいないか
ブラックホールがあるかないか
そして将来の宇宙の姿を

私たちは知ろうと努める

私たちは心得ている
トンボの目に映る景色と
ヒトの目に映る景色とは
同じ場所でも全く違う
アリの知りうる世界の広さと
ヒトの知りうる世界の広さとは
スケールがひどく異なる
そしてヒトの感覚
ヒトの知能も
所詮ひとつの生物としての
特徴と限界を持つものにすぎないことを…
それでも私たちは知ろうと図る

本当は私たちは
科学ではない別の力を
持っていたのではないだろうか
トンボもアリもそしてヒトも
生あるものは
生ないものも
存在するものは皆
存在するよりも以前に
持っていた真の力を
存在することによって
無くしてしまったのだと思う
それは多分
一瞬にして全体を読み取る力
すべてを理解し共有できる
ひとつひとつの個が
すなわち宇宙そのものであるような
根源的で不変の力を
無くしてしまって誕生した私たちは
なぜ知りたいのかもわからずに

ただコツコツと思考を重ねる
――時に失われた力の記憶が
「天才」の直感となって現れ
彼の仕事を大いに助ける

約束

きっとあなたは憶えていて下さるでしょう
いつもあなたは私を見守っていて下さることを
たとえ遠く離れた地上のどこかで
私があなたを見失ってしまっていても
私が私を見失ってしまっていても

それは幾度目かの生まれ変わりの人生も半ばの頃
人と別れた春が終わり
息苦しく夏が過ぎ
町にいっせいに金木犀の花が咲く秋
さらに重みを増す傷ついた心の深みで
不意に私は思い出した
遥かな日の天上の草原で
淡く美しい光の中に
あなたが私を創造されたときのことを
あなたが出来上がったばかりの私に
小川のほとりの一群れの香り立つ花を贈り
優しく祝福して下さったときの言葉を
いつも私を愛していると
たとえ万年ののち別の姿で
私があなたを裏切っているときも
私が私を裏切っているときも

私は思い出した
それから何度も

私はあなたの許を追われ
また迎えられていたことを
そして理解した
約束の確かな成就を
悠久の時を越えて
今
私に注がれているあなたのまなざしが
すべての迷いと心配を突き抜けて
ここに私を在(あ)らしめている

十一月第一聖日

高天井の礼拝堂で
永眠者名簿の読み上げられる日
百人の生者は集って
百年前の歌を歌い
千年前の書物を開く
この日骨壺を抱く者も
かつて抱いた者も
等しく過ぎ去った死について
思いめぐらすうち
気づけば自身の死もただ懐かしい距離に
感じているので
多くは哀しみとともに深い慰めに
満たされてしまうのだ
恐らく数人は来年抱かれる者となるが
私ではないと思う者も
私かもしれないと思う者も
白い壁の礼拝堂で
優しく神と馴れ合っている

粘々した苦しみは
肉体から生じるものなのだろうか

焼かれた遺骨はサラサラと乾いて白く
きれいだ
午後には丘の上の共同墓地で
ひとつずつ遺族の手により壺は開けられ
五百体の仲間と混ざるため
動かされた十字架の墓石の下の
小さなコンクリート穴から
牡丹雪のように潔く降り落とされる

（1991. 11. 3　日本キリスト教団豊中教会墓地に
祖母埋葬される）

呼吸（いき）する地球

あやまちがあるとすれば
私たちの生そのものが罪なのだ
晴れた日の午後
私は雄大なあなたの皮膚に
しつこく絡みつく
一匹の有害な微生物です

あなたは今地の底からゆっくりと
優しい息を静かに吹いて
四六億年の生の営みを今日もまた
誠実に繰り返す

地球よ
それから今度は私には見えないほど
ほんの微かに地表を震わせ
近頃すっかりまずくなってしまった
大気を吸うとき
あなたは気づいているかもしれない
病状はもう回復の見込みがないと――

教えて下さい
なぜ壮大な宇宙のなかで
取るに足りない存在である私たちが
私たちの日々の暮らしを重ねてきた上で
自身を
そして周囲をも
深く傷つけてしまったのか

私たちのささやかで傲慢な生のために
病んでいる地球よ
けれども私は知っています
あなたが私たちと同じように生ある者として
呼吸（いき）をするとき
私たちのために神に祈り
感謝を捧げてくれていることを
それでも生きているということは
許されて在（あ）ることであると

Ⅱ

昆虫館
——橿原市昆虫館を訪ねて

今夜私が眠ったら
私の魂はきっとまた昆虫館へ行くだろう
今日いくつかの生と出合うために
私は沢山の死を通過しなければならなかった
広々とした標本室で
化石に閉じ込められた大昔のトンボの死や
ピンで止められた世界中の蝶の死を見た
それから漸く重い扉を押して
ヤシやバナナの木の茂る放蝶温室へ入っていった

私は大勢の人の死をも通っていった
はじめに隣接する墓地を抜けた
整然と区画された新しい墓地だった

今日魂というものについて私は考えた
生きている私や蝶の魂は
自分の生に縛られている
小さな粒子状のもので
一時にひとつの場所にしか存在できない
たまに体を抜け出してゆく
死んでいる人や昆虫の魂は
のびのびと自由である
霧状でモヤッと広がり
同時にどこにでも存在している
標本や墓石の周囲の霧が特に濃いと言うことはで
きる

なぜなら今日昆虫館へ行ったとき
私の体内で一匹の蝶の濃霧が私の粒子に優しく触
れたので
もうすぐ私が眠り
ひらひらと舞っていた沖縄のオオゴマダラも休む
夜
私の魂はきっと出掛けてゆくだろう
墓地を飛び越えまっすぐに
標本室へ
いちばん美しかったあのギアナの青い蝶の死へ

水族館
――鳥羽水族館にて

「新館」と聞くとくらくらするのだ
温い潮風の吹く館外から

冷えた館内に押し入ると
真正面
広大な水槽にひらひらと遊泳する
三万の華麗な魚たちと出合うが
そのときはもう
私は数十年後の人になっていて
魚たちもすっかり代替わりをしている
あるいは数百年後の
水族館の跡地に佇(た)っていたり
数千年後の
水没した一帯にダイビングする

かつて旧館が「新館」だった頃
幼い私はぼんやりと
月日の経つのを恐れていたが
今私はおおどかに
一切が流れてゆく原理の他に
およそ終末まで変わらない習性をも受け容れている

たとえば別室の狭い水槽では
哀れな小型歯鯨類のスナメリが二頭
水底から水面へ
飽かずにぐるぐる円を描いて
速い泳ぎを繰り返していた

私はふと
休むことなく続けてきた
日常の
同じであり
少しずつ異なってもいる
単調な私の暮らしに思いを馳せた

健やかな宇宙

——明日香石舞台古墳を訪ねて

死者の場所を生者が満たすことはできない
封土を失った方形古墳
野晒しの石室にはすでに石棺もなく
ただ数十の巨大な花崗岩に囲まれた
荘厳な死の空間が開いている
日々多くの人々が訪れ
ひとりの高貴な不在の死者によって迎えられる

ひとりの死者にとっては
宇宙だって狭すぎるのだ
星々は誕生の瞬間から一心に飛び去って
宇宙は日増しに膨張するが
ある日気まぐれなひとりの死者が
軽やかに宇宙の果てまで広がってゆく

(すなわち健やかな死者たちは銘々
宇宙全体に跨って存在し
あらゆる部分において不在である
あるいは健やかな死者たちは各々
全宇宙から欠落し
すべての場所を一杯にする)

私にはどのような素朴な想像力でも
春風の吹き抜ける野の石室を
覆いつくすことができなかった
どのような熱心な好奇心でも
伸びやかな死者たちの場所である宇宙を
見はるかすことができなかった

プロミネンス

千五百日の朝
目覚めるたび私たちは
互いの存在を確かめ合い
満ち足りて新鮮な挨拶をした
レモネードとミモザサラダの
清潔な食卓に
一億五千万キロメートルの彼方から
朝いちばんの静かな太陽光が届き
はじめての出会いのように
はじらいの微笑を交わした

三百日の夜
眠れずに私たちは
互いの不在を確かめ合い
悲しんで一途な抱擁をした
沈んだ夜具で
見たかったのは夜のあいだも
黒点より二千キロメートルの上空へ
激しく浮かび上がる二万度Cのプロミネンス*
おびえることなくただ一心に
自ら輝く星になる夢

——そして私たちは別れ
青く小さく無力な星の
いたずらに遠い時間（とき）を孕む
砂粒のひとつひとつとなった

＊　プロミネンス＝太陽黒点より爆発的に噴出するガスのアーチ。熱とプラズマの粒子が華麗な炎となって空を焼く。

星の出産

あの夜私が孕んだのは
星の子供だったと思う
開放した夏の窓辺で
ひとり宇宙を恋うていた

銀河の彼方より三億のニュートリノ*が飛んできた
　のは
足下からだ
地球の裏側から突き抜け
まっすぐ私の胎に入ってきた
そしてひとしきりの激しい争いのあと
ただ一個の勝利者のニュートリノが
私を母にした

十月十日の間
私は幸せに満ちて過ごした
恐らくは何万年も前に滅びた
遠い小さな星の灰が
私のなかで新しい子星となって
甦ろうとしていた
私の喜びは子星の存在のみでよかった
私の祈りは子星の無事のみでよかった

そして出産のときがきた
胎内で渦まいていた水素ガスの雲が縮み
原子核が融合と燃焼を始めるころ
突然の鈍い痛みとともに
別れのときがやってきた
私はただ温かく柔らかなものを抱きとり
震える手で初めての乳を含ませたあと

まだ形もなさないいたいけなものを
広い夜空に浮かべて離した

＊ ニュートリノ＝他の物質との相互作用がほとんどないため、星々を貫通して飛んでいる素粒子。超新星爆発（星の死）のとき、大量に放出される。一九八七年二月二十三日、大マゼラン雲で一六万年前に滅びた星から来たニュートリノが、日本の神岡地下観測所で観測された。

祈り

七兆三千億日目[*1]の朝
目覚めるとすでにあなたは立ち去っていた
いつものように
夜通し温めていてくれた
私の傷心のベッドから
丁重に傷心を持ち去り
今頃は激しく時空を歪ませながら
ゆったりとした足取りで
遠くを歩いているに違いなかった
私はすがすがしい明るい気持ちで
けれどもまた新たな傷心の萌芽を育てながら
ちょっと案じているのだった
あなたが今日もまた
あなたの二百億歳の宇宙に無数にちりばめられて
いる
暗黒星雲[*2]のひとつに立ち寄り
熱中して一日の創造をするとき
生まれたばかりの初々しい星のひとつに
ふと私の傷心を落としてしまわれるのではないか
しらと
右手でほやほやの星を一個
左手で透き通るいのちを一粒

加速度的にあなたは一途な行為を繰り返す
正午
晴天の物干し台に
私は高々とシーツを掲げる
それを合図に
あなたは一瞬手を休めるが
夕刻にはいよいよ大音声を轟かせ
渦巻き銀河が回転を始めるはずだ

深夜
したたる汗を白布で拭い
あなたは深いため息をつく
そのときあなたの細胞一個分の愛情が
仕上げにきらりとこぼされることを
いつか夢のなかで私はあなたに語られたことがある

そしてきっとまたあなたは帰ってきてくれるだろう
今日の疲労を優しさに替えて
あなたを呼び求める私の祈りのベッドの許へ
陽を浴びた淋しいシーツを
清潔な喜びで満たすために

*1　七兆三千億日目＝天地創造の第一日より起算した今日の日数（推定約二百億年）。
*2　暗黒星雲＝超新星爆発（星の死）後の巨大な暗闇の領域。爆発によってまきちらされたガスや塵から、新しい星がつくられている。有機分子も豊富に生まれ、〝生命のゆりかご〟とも呼ばれる。

魔法使い存在論

宇宙にはひとりのユニークでパワフルな「魔法使い」が存在している。

それは多くの人に存在の確信が持たれている、あの有名な「神」の又の名では決してない。

神が原則として宇宙の平和と秩序とを守ろうとするものであるなら、魔法使いは例外なく宇宙の摂理をちょっと混乱させるような、気まぐれな悪戯（いたずら）行為に日夜励むものである。

魔法使いの存在は、神とは違ってほとんどの人に全く信じられない。人は大地を踏み締め、空を見上げるたび、あるいは一本の草や樹に始まる多様な生の働きに感嘆するたび、創造主である神を想う。しかし、魔法使いの行為はその大胆さにもかかわらず、人の目には映らない。感知されることもない。

たとえば、魔法使いは不遜にも、時間の流れを少し速めたり、遅めたりすることがある。魔法使いが時間の流れを速くするとき、地球の回転が速くなる。と同時に、人の呼吸や脈も速くなる。人はいつもより少し速く歩き、少し速く食べる。人は自分や時計の針をも含む全世界の動きが、いっせいに速くなるという状況の下で、ついに何も気づかない。

あるいは、魔法使いは不敵にも、ものの大きさを拡大したり、縮小したりする。魔法使いが拡大するとき、あらゆる存在が同じ倍率で大きくなるため、人はたとえ突然自分の体が二倍大になったとしても、決して感づくことがない。

魔法使いはエネルギーに満ちているとき、もっと大それたこともする。たとえば歴史の流れを逆回転させてみたり、宇宙全体をくるりと裏返しにしてしまうといった離れ業も得意とするところである。人は死から始まり胎児に終わる人生を辿ってみたり、わけのわからぬ闇の世界を体験させられたりするのだが、それでも尚、何か不思議に思う者はいない。なぜなら魔法使いは、時間や空間に対する人の固定観念を、一時的に一八〇度転換させるからである。

神は魔法使いの飽くことなき悪戯行為を黙認しているようである。それは魔法使いが、絶えず時空を揺すぶり続けていることは、大切な宇宙を錆びつかせないことのために、有益であると考えられているためである。あるいは正確には、全宇宙の創造主である神は、そのような宇宙の潤滑油としての役割を担う魔法使いをもまた、創造されたものである。

夢

困苦の中でも希望をもつなら
完全な否定を再び否定する意志をもつなら
死後でも帆を上げて
天を航行する船に乗るだろう*

わたしたち、
地球という巨大な生の船上の一点でいつか出会い
優しい恋におちましたね
不都合な中でも諦めることなく
泣きながら寄り添ったわたしたちから
ある日くちなしの花のように真白な女の子が生まれましたね
彼女は日々厳しさを増す夏の陽の下でいよいよ肌白く

わたしたちはその健やかな成長をただ神に任せて
おおらかに祈り願いました
やがて船上の別の一点で
美しく彼女が選び選ばれるときのことを
わたしたち、
地球のダイナミックな航行にも関わらず
それとも知らない平板な地上の暮らしを暮らしま
　したね

わたしたち、
それから幾度も契り合ったわ
いずれあなたが地球を降り
わたしも地球を降りるとき
きっとまた強い意志を持ちましょうと
広大な天のどこかで
しっかりとお互いの帆を上げ
魂は誇らかに合流しましょうと

そのときわたしたちはそれとも知らず
ちっぽけな貧しい新星あるいはささやかな生の船
　となって
天を巡り
億年ののち
わたしたちの上ではまた初々しい男と女が
きっと愛し合ってくれるでしょうね

＊　犬塚堯詩集『死者の書』所収「火星の秋」より

詩句の星

どこかに、〈遠く遊びて竹を聴かんことを願う〉[*1]という名や、〈ははは　と　誰かが澄んだ声をして笑う〉[*2]という名の、優しい子供たちの住む新しい星が在る。

二十数年前、ある詩集の点字訳を、六か月もかけて丹念になし遂げた少女の労苦は、思いもかけず最初の読者によって無に帰されたと悲嘆した、少女の当初の失意に反し、後に全き栄光と祝福とをもって報われた。

盲人には見えないはずの、口絵まで丁寧に入れて、詩人の心を打った点字詩集は、ハンセン病の療養所へ寄贈された後、日を置かず、両手がなく舌読した、たったひとりの読者の一心の舌に溶けた。

〈詩集はそれで喜んで舌に溶けてしまったんじゃないかと思う。多くの人にさぐられても、いつか点字は磨滅する。もう半ばはこの世を終えているかもしれない患者のなかに溶けていった詩集を、著者である私は惜しいとは思わない。思うことができない。あなたの気持はよくわかるが――と私は少女に答えた。しばらく考えていて少女は、そうですね、それでは私もそう思うようにします、といった〉[*3]

いつの日にも、およそ失うということは、永遠に得るということだろう。

「溶けた詩集」は、溶かした盲目の女性のほどない死によって、その一途な明るい魂とともに、始原の空へと還り、伸びやかに、また軽やかに高く翔け巡った。

そして、いつのときにか巡り合った、ひとつの若く清々しい星の大地へと、詩句は新鮮な雨のように、次々と降り注いでいったのだ。

＊1　伊藤桂一詩集『竹の思想』所収「竹十章」より
＊2　同「風景」より
＊3　伊藤桂一詩集『定本・竹の思想』所収「溶けた詩集」より

21世紀詩人叢書46『地上の生活』抄（二〇〇二年）

洗濯

重力に逆らうためにはエネルギーが要る
朝起きるとまず
浴槽から昨夜の残り湯を
電動ポンプを使って洗濯機へと汲み上げる
これは水資源の節約とともに
コンパクトバイオ洗剤の効力を高める意味がある
湯量は洗濯物の重さによって
洗濯機が自動的に決定するが
過去数年間の成績では
今ひとつ当てにならない様子なので
手動で私が取りしきる
その後自動に切り換えると

あとは仕上がりの電子音が厳かに鳴り渡るまで
約三十分を台所で有意義に過ごす

知人のOさん宅では
狭い敷地にエレベーター付鉄筋三階建てを新築し
　たとき
庭を失い干し場をなくした
洗濯物はすべて大型乾燥機で乾かしますと喜んで
　いる

私はどんなことがあっても
洗濯物を美しく干す
色とりどりの大小の、風になびく衣類は
さわやかな生活の幸福である
たとえ残された人生の大半が
洗濯と掃除と買物と炊事と知的あるいは非知的井
　戸端会議の
単調な繰り返しであったとしても

そして平凡の向こうに
信じられない人類の滅亡の影が
少しずつ迫りつつあるとしても
最後の朝にも
私はきっと籠一杯の洗濯物を太陽と風にさらす

それから地球の反対側で
どこまでも遠い夜空を見ている天文学者のことを
　思う
彼は光が届ける悠久の熱い過去を飽かず眺める
それ以上先は見えない宇宙の地平面には
まだ生命も何もない
はじまってわずか十万年程経ったころの宇宙の
電子の霧が見えている

掃除

体重の割に腰がやたら重いのでなかなか動かない
が
やり出したら徹底的に仕上げないと気が済まない
愛用のターボブラシ電気掃除機と化学雑巾で
二日に一回家中隈なくホコリ退治する
ホコリは床面と家具調度品の上に
毎日律儀に積もり続ける
落ちてくるのは重力の働きと納得しても
たとえば長い間留守にして
人の動きや外気の侵入がなくても
ホコリは生じるのだから
不思議で仕方ないが
いたちごっこのように掃除を続けて生きてゆく

無重力のロケットの内部では
割れたガラスのかけらだって
危なく空中を漂うし
水は本来の球状の姿でプカプカ浮かんでいて
掃除が大変だ
いくら腰が軽くたって
細かいチリなど回収が困難だろう

地上の住人は地上で暮らすのがよい
たとえ掃除の力学が抜本的に改定されても
遠からぬ将来地球に住めなくなる日のことを
考えるのは億劫である

料理

手間ひまをかければ旨いとは限らない
魚なら煮も焼きも切りもしない
Kデパートの刺し身パックがいちばん美味しい
問題は数ある陳列パックの中から
どのパックを選び取って帰るかである

作家のN氏はA新聞*の「明るい悩み相談室」で、
〈行きずりの紳士がカツオの刺し身を選んでくれたが、彼がなぜ「私は脳外科医だからまちがいない」と言い切ったのかがわからない〉という
東京都のペンネーム「かつお妻」（38歳）に答えている

〈カツオの刺し身というのは、要するに筋肉と血管と神経の集合体です。彼はその「切断面」を一瞬にして診たわけです。〉

メスさばきがよく血管も神経もまだつなげそうな
切り身が旨いとも思えないが
少なくとも刺し身を選ぶには
切られる前の魚の全貌まで思い描くのが
自然界の礼儀である
あるいは肉を買うとき
殺られる前の獣の姿を思いやらねば
今の人間なんて
産む時以外（場合によっては産む時にも）
自分が動物であることを忘れていて
温かな対面キッチンで
電気釜に電子レンジで
清潔なお料理だなんて虫がよすぎる

＊　中島らも氏、１９９４年11月６日付朝日新聞

買物

出掛けるときは一切を捨てて出る
弾き慣れたピアノ
磨いた箪笥
愛読書
子供たちには留守番を言い渡し
三十分間のために必要なだけの金銭を持ち
路上に降り立つと一度だけ振り返って
しっかりと我が家を眺める
（昔旅先の急病で亡くなった
Aさんの最後の朝のように）
私は近くのスーパーへ買物に行く

一般相対性理論によると
質量は空間を歪曲させる
すべての物体は質量を持っているから
私の質量によって
気の遠くなるほど微かに空間が歪むはずだ
自転車を停めスーパー入口に向かって歩く
ゆっくりと空間の歪みも移動していく

（私が見たいのは現在（いま）なのです
光よ
たとえば一億五千万キロメートルをあなたが駆け
て
伝えてくれる
八分前の太陽ではなく
現在の太陽の姿が見たい
過去ではなく

未来でもなく）

豚肉薄切り　ハム　キュウリ
じゃがいも　スパゲッティ…
今日の私に選ばれていく食物たち
冷えた店内で私の頭が冴えてくる

さっき別れてきたものたちが現在
どのようにして在るのかが分かる気がする
少しほこりを被ったソファー
テレビを見ている子供の笑顔
離れていて
見えないものがくっきりと見えてくる
（凍りつく直感で
現在を見通すことができるかもしれないのです
闇よ
たとえばあなたが律儀に隠す
宇宙の果てを
もっと遠い私の心の底辺を
もどかしい日常が晴れて
一瞬――）

レジの前で私は佇ちつくす

山上の魚

私は夢に見た
中国チベット自治区で最も高所にある
湖プマユムツォの生物調査の計画を知り
幅三十キロメートルの
広く蒼い「天上の湖」の岸辺には
太古より音もなく群れて泳ぐ透明の魚がいると

それは太陽の光を浴び虹色に輝く
生まれることも死ぬこともない一万匹の小さな魚
ヒマラヤの積雪よりも白く深い魂を持ち
十万年のサイクルで繰り返される
間氷期に現われて氷期には消え失せる…

標高五千メートルは天に近いか
地に近いのか
このほど日中合同学術調査隊が実際に捕獲したの
は
鱗がなく六本のヒゲがある茶色いドジョウに似た
魚と
二種類のマスに似た魚の稚魚、成魚、そして遺骸
魚は中国全土に分布するありきたりの魚であった＊
結氷したプマユムツォに棲んでいた地上の魚
特別な夢の魚はいなかったけれど

世界でも有数の高山上の大きな湖に
平凡で逞しい命の仲間が生きていた

＊　２００１年4月13日付読売新聞記事参照

家

緩やかな坂の多いニュータウンの
片隅のとある坂の中ほど
ちょうど現在私の家の立っているあたりに
以前は一本の大きな桜の木が
堂々と立っていたという
古くからの地元の人が
毎年春に花見に来ていたんだよという

私が前に住んでいた家は

義父名義のまましばらく空家になっていたが
昨年隣家からの出火で類焼し
今は更地になっている

無くなってしまうのではない
木も家も人も
それぞれに懐かしい思い出を残して〈変わってい
く〉のは
物質が変化するという世界の法則のためだ
切り倒された桜の木や家は
焼かれて灰になり今もどこかに存在している
焼死した隣家の優しいおじいさんも——

そしていつかまた新しく再生されるだろう
四十六億年前
地球が誕生したとき在った原子や分子が
どのような遍歴を重ね
木となり家となり人となったのか
〈創造〉の手は今もこれからも
休められることがないのだろう

春の一日
住み慣れてきたニュータウンの家の中で
以前立っていたという美しい木に想いを馳せる私
の
知っている場所で
知らない場所で

幸福

日々の通い道
昨年の水不足で枯れていた
街路樹が数本

枯れた姿でようやく風景になじむ頃
ふと植え替えられている
そんな風に
地上で
いのちが埋めていた空間は
別のいのちに受け継がれていくのだ
何度でも

それがこの世の幸福である
逝く人の占めていた空間は
一本のポプラの木の空間よりも
小さいが
たとえ諦めの夏が過ぎ
悲しみの秋を終え
後悔の冬が暮れ
希望の春を迎えても
決してたやすく置き換えられることはなくとも

いつか百年の時が経てば
私の後にもきっと
新しいいのちがあるように

手

私の子供たちが幼かった頃
私の手は魔法の手だった
彼らはお腹が痛くなると私の手を求め
衣服の上から
優しくそして根気強く私が触れると
いつのまにか治ってしまうことが多かった
それはただ冷えた体を温めたにすぎなかっただろ

うか
大人の手は幼児の腹部に熱を与えるのに充分な大
　きさだった？
けれども手は私の手でなければならなかった
世界中で他の誰の手でもなく
私の手に彼らを癒す力があるのだと
無心に彼らが信じ私も信じることができたので
それで力は科学を超えて
確かに働いていたのではないかと思う

私の子供たちが幼かった頃
私は特別な手であり
脚であり胸であった
そして目であり
声でありにおいであった

いつからか
魔法の力をなくしてしまった私の手
子供たちはすでに青年となり
その眼差しは専ら社会の方へ向けられているが
巣立つ前に
私は私の普通の手で彼らの輝かしく困難でもある
　将来のために
伝えておく無言のメッセージをそっと家の中にち
　りばめたい
苦労もあるが
かけがえのない愉しみを与えてくれる子供たちに
ありがとうの気持ちを込めて

場所

ミノガのオスはミノムシから蛹(さなぎ)になり羽化すると
翅が生えて飛んでいくが

ミノガのメスは成虫になっても翅はなく
ミノの中で一生を送るという
一生といっても産卵までで
産卵後は死んで干からびていくのである
ミノの中の蛹殻の中から取り出された
オオミノガのメス成虫の写真を見ると
体長三センチ足らずでイモムシ形
軟らかそうで脚はなく卵が透けてみえている
それはただ卵の詰まった腹だけの存在のようだ
交尾のときもミノの外からオスが腹を伸ばして
ミノの中にいるメスの腹を触角で探知するという
　のだから
メスには生涯日の当たるときがないのだろう

――もっと自由にはばたきたいか――
若く結婚して家庭に入った私にとって
マイホームがミノのように思えるとき
時折自問することもある
けれども狭いミノの内にも
夫とは共有し難い
母親としての至福の時も確かにあって
ここが私の場所と思う

オオミノガのメスは子育てをしないけれど
それでもただ自らの命をかけて孕んでいるとき
外界を飛び回っているオスには計りしれない
神聖な快感に全身包まれているのではないだろう
か

逆柱（さかさばしら）

古来木の根もとの方を上にして立てた柱は
家鳴りなど不吉があるといわれるが

日光東照宮の陽明門では
中国伝来のグリ紋と呼ばれる渦巻き文様の彫られた十二本の柱のうち
一本だけが逆柱になっている
広辞苑によると
「結構に過ぎることを恐れて」わざと逆さまにしたらしいのだが
ＮＨＫの番組では神官による説明があった
およそ建造物は完成したときから崩壊への道を辿る
そのため柱を一本逆さまにして未完成としたのではないかとのこと
他の社寺でもみられる建て方なのだそうだ

私が二人の子を産んだとき
彼らに小さな一本の逆柱を与えることができていれば…
いえ人間なんて誰も皆逆柱だらけで未完成の代物に違いないが
本当は子たちは産んだときよりさらに遡って
孕んだときよりすでに老化が始まっていたのではないか
建物だって完成したときからではなく
建て始めた瞬間から朽ち始めるのであり
それがこの世に在るということかもしれない
希望も絶望も様々な人の思いをその身に引き受け
陽明門の「魔除けの逆柱」は今日もまた
静かに立っているだろう

世界

〈もしも世界が五分前に

まさに五分前にそうあったとおりの状態で
そして人々もまたまったく非現実の過去を「覚え
ている」状態で
突然存在し始めたのだとしたら*――〉

数百億年前の
ビッグバンといわれる世界の始まりのときについ
て
今熱心に数式計算をしている物理学者は
幻の計算の続きを五分前に初めて始めたのかもし
れない
化石は化石として創られ
古文書も古びた様子で五分前に創られたのかもし
れない
今生きている人は皆五分だけ若い状態で創造され
すでに亡くなった（と記憶している）有名な人も
無名な人も
本当はどこにも存在していなかったのかもしれな
い

今朝出かけていった（はずの）私の家族と私は
まだ一度も会ったことがなく
戸棚にしまった私の日記は
私が書いたのではないかもしれない
過去の幸福も不幸もすべては作られた思い出にす
ぎず
私はこれまで笑ったことも泣いたことも
他人と話したことさえないかもしれない
そして五分後にはまた世界が忽然と消去され
まったく別の記憶と現状に満ちた世界が存在する
かもしれない

あるいは
本当は私たちには五分前からの「今」さえもなく

世界はついぞ実在したことのない
何かただ「意識」のようなものかもしれない

＊　ラッセル『心の分析』より

方法

「だれでもこの山に向かい、『立ち上がって、海に飛び込め』と言い、少しも疑わず、自分の言うとおりになると信じるならば、そのとおりになる」

聖書に記されたイエス・キリストの言葉を、私はそうなんだろうな、と思っている。神がこの世界のすべてのものを自在に操るとすれば、きっとそのやり方に違いないし、人間の中にも、超人的な意志と集中力と純粋な信念のある者がいれば、やはりその方法で、通常あるはずのないことをあらしめることができるのではないかと思う。ポイントは、疑うことなく信じて念ずること、超能力者や天才というものは、多分この秘術に長けているのである。

考えてみれば、私が私の身体を動かすときも、無意識のうちにそうすることができると信じて念じている。立てる、と思って立ち、歩ける、と信じて歩く。

自分にできることは、心の中でその瞬間、必ずできると百パーセント確信してやっていることであるとすれば、今できないことをできると信じる、自己マインドコントロールは有効である。

N協会[*]による視力回復通信講座のプログラムは、米国で開発されたものだが、面白いことに、「信じるトレーニング」が組み込まれている。

毎晩、いくつかの目の体操の後、テープの指示通り両手で目を覆っている私に、優しい女声が語りかける。

――アナタノ目ノ細胞ハ新シク生マレ変ワロウトシテイマス。

――胸ノ鼓動ヤ血ノ流レガアナタノ目ニ、ヨリ見エルヨウニスル力ヲ運ンデイクノガ感ジラレマス。

――コノ瞬間ニモ確カニアナタノ目ハ前ヨリ見エルヨウニナッテキテイマス。

――ハッキリト美シク自然ニ見タイモノガ見エルヨウニナルデショウ。

目の筋肉強化に加え、いつか、見える、と本当に信じることができるようになったとき、私の視力は回復するのだと思う。なぜなら、それは創造者が教えてくれた世界の真理だから。

――アナタノ目ハ一層ミエルヨウニナッテキテイマス。

――アナタノ目ハ一層ミエルヨウニナッテキテイマス。

＊日本視力回復協会

必要なもの

医薬品のベンチャー企業と東大の研究グループが、人間の寿命を縮める「短命遺伝子」を発見したという。

この遺伝子の働きを抑えると、飢餓や熱、有害物質などのストレスに耐える力が増し、寿命が約三割延びるとか。*

ヒトの本来の寿命は、百二十〜二百歳まで様々な仮説があるが、創世記に記されているアダムの系図では、実に九百歳以上。アダムは九百三十年、アダムの子セトは九百十二年、セトの子エノシュは九百五年生きたとある。

この驚異的な数字も、世界にまだ病気というものがなく、滋養に満ちた食事と、適度な肉体労働に恵まれた、ヒトの始祖の時代を想定したものであれば、あながち度外れではないかもしれない。

太古と比べ多分今は、ヒトの身体にダメージを与える環境（敵）があるということだろう。

医学は、ヒトを蝕む強い敵と闘い続け、十年後には短命遺伝子の情報をもとに長寿薬も開発する予定らしい。

たとえ高価であっても、私は薬を服用するだろうか。太古ではない、近未来の地上に、本当に長生きしたいか、したくないか。人それぞれの生きるスタンスを問われる時が来るかもしれない。

しかし、私の関心事は、見つけられた短命遺伝子の存在そのものにある。

神は何のために、いつの時代から、この遺伝子をヒトにお与えになったのだろう。それは、長寿あるいは不死の夢の実現に向けて、不断の努力を続けるヒトには想像できない、何か深い意味があるのではないだろうか。

すなわち、短命遺伝子は、今のヒトに必要なものなのではないだろうか——と。

＊　2001年7月1日付日本経済新聞記事より

裁縫

綿70%ポリエステル30%の白い大地に
綿100%の黄色い長方形を優しく載せる
上空から眺めれば
長方形に記されたダイナミックな黒い模様には
意味がある
その意味によって白い大地を
沢山の他の白い大地と区別するため
私は年に一度の作業を始める

昨年は緑
一昨年は赤だったと反芻しながら
先のとがった長い杭の穴のところに
黄色いヒモをすうーっと通して

地下の空洞から地上の長方形の一端を目指して
一気に貫通
今度は地上から地下へと杭を戻す
これを数十回繰り返していく
このとき大地は柔らかくしなるので
杭は大地とほぼ水平にして
先端部のみを上下させる要領である

ところでとがったものが何かを楽に刺せるのは
全ての力が微小な頭に集中され圧力が大きくなる
ため
逆に戦車が軟弱な土にめりこまないのは
大きな支持面に重量が配分され圧力が小さいから

$$\text{圧力（g重／cm}^2\text{）} = \frac{\text{面をおす力（g重）}}{\text{接する面の面積（cm}^2\text{）}}$$

世界は公式で満ちている

やがて長方形は大地に張り付き
ヘリコプターの目で
歪みがないか点検すると
体操服のゼッケン付けの出来上がり

眠り

仏教では眠りは〈悪魔の第五軍〉といわれ
睡魔と闘うことは禅僧の大切な勤めだという
古代キリスト教でも修道士は終夜の礼拝式を行い
眠気の克服を善としていたようである
忙しい現代人にとっては
一日三、四時間だったといわれるナポレオン一世
　の短眠が
尊敬の対象であり
たとえ休日でも朝遅くまで眠りをむさぼり続け
　ることには
怠け者のような後ろめたさが付きまとう
自然界に目を移せば
片目を閉じて泳ぐバンドウイルカは
左右の脳を片方ずつ眠らせながら泳ぎ続けている
　し
カモメなどの鳥も同様に
脳半球を交互に休めながら大空を飛び続けている
野生の草食獣も
肉食獣の襲撃に備え長くは眠れないという

でも本当は人にとって
限りある時間を無駄にせず
勤勉に過ごすことが模範であった時代は終わった
すでに野生を捨てて久しい人は
動物園の獣のようにのんびり眠っているのがよい

のだ
あくせくと働けば働くほど
自然を汚して他の生物に迷惑をかけるのだから
何も考えないに越したことはないのだけれど
頭のよい人はたまに
どうすれば再び野生に戻れるか夜を徹して真剣に
考えてみてください

では今日はこの辺で
おやすみなさい——

トイレ

私のよく見る夢にトイレで困る夢がある
たとえば生徒になって学校の校舎を駆け回るが
一階も二階も三階もトイレの前は大行列
ふと隣の部屋を見ると
中国郊外の公共トイレのようにドアも仕切り壁もなく
穴がいくつかあいているだけのトイレがある
うろたえていると目の大きなインドの美女が
「六億人の母国人はトイレを持たず道端で用を足します」
と優しく言って私を促す

あるいは昔の人になって海辺の家で
「川屋」に案内される
岸から海に向かって渡された板の上を歩き
先端の小屋の中に穴がある
下を覗くと大きな魚が口を開けていて
めまいがした途端場所が変わり
日本ではなくどこか南洋の島らしいのである

ベルサイユ宮殿の舞踏会では廊下の隅で
大きく広がったスカートの前に
そっと差し出された陶製の美しいシビンに困り
ロンドンの街路では地下式の公共トイレに
階段をどれだけ降りても辿り着けず
暗闇は増すばかり

夢の中で私はいつも膀胱炎になりそうだ
そしてはっと目覚めて
懐かしい我が家のトイレに立つのである

風呂

旅の楽しみといえば大浴場
温泉地では海に臨む露天風呂など
雄大な気分に浸らせてくれる
西洋人の感覚では
大勢の見知らぬ人との入浴は苦痛かもしれないが
私なら袖振り合うも他生の縁
狭いバスでの、トイレを横目で睨みながらの入浴
　と比べ
日本人の幸せを感じる

それにしてもなぜ風呂場にトイレなのだろうか
垢も糞尿と同じ排泄物との認識による下水管の合
　理性か
あるいは水場におけるトイレ掃除のしやすさか
日本では洋風のマンションでもバスとトイレは別
　であり
古来便所は隔離されている
(そのことが下肥を使うこともなくなった現代人
　に
糞尿への忌避感を育んでいる要因の一つとすれば

これからの介護社会での国家的弱点といえなくもないが――）

元来、風呂の始まりが宗教的な禊ぎや儀式にあったのは
ほぼ世界に共通のことらしいが
その昔寺院の施湯に通った頃から
たぶん日本人は特に風呂好きの民族として
風呂の長い歴史を歩んできたのだろう

たとえば波音を聴きながら
星空を見上げながらゆっくり湯につかっていたい
ささやかな自宅の風呂に入っていても想像は膨らんでいく
いつか宇宙ステーションに日本の家族が移り住んだら
遥か青い水惑星を眺めながらの入浴を実現させるに違いない

長城

色とりどりの土産物や飲み物を並べる
国営店や露店の賑わう麓の広場から
石段を昇って見晴らしのよい高台に出た途端
私の視界一面にくっきりと浮かび上がった
長城

すべてのものは好天の陽に照らされるとき
そのものの限界を超えて美しい
それは紀元前
北方遊牧民族防御のために築かれたという
歴史的な存在の意味も
二千年の時を経て

観光資源として修復を重ねられる
現代における存在の意義も
そして長旅の果てに出合った私との関係も
超えて
ただそこに照らされて在ることの美しさ

――しかし本当に私は出合ってきたのだろうか?
人は出合いを形に残そうとするが
土産に持ち帰った写真集も
夢中で撮影したビデオも
なんと色あせたものにすぎないか

残るものは何もない
あのとき歓声をあげ駆け昇った子供たちも
若いガイド嬢の張さんも
やはり照らされて長城と共にそこに在ったが
今はもう記憶という幻の中でさえ
おそらくそうであったという
薄い輪郭の印象でしかない

私

柳内康子という姓名とは長い付き合いだが
未だに自分であるという実感に乏しい
誕生時、兄の健一と合わせて健康と父が決めた名
　が私の名となり
成人後、入社した職場にいた先輩の姓が私の姓と
　なったのだが
どうしてそれが社会で私を表わす記号として生涯
　使われるのか
納得できない
色白アゴ長目が大きくクセ毛の容貌もすっかりお

なじみのようだが
その実これが私の顔ですというはっきりしたイメージをもつわけでもない
一日数回鏡で見るだけであり
それもほとんど正面沈黙無表情で向き合うが
時により美にも醜にも思われる
加齢に伴う変化も微妙かつ劇的であり
よく分からない

死後も残ると巷で言われるほど個の本質である魂についてはどうか
概して向日的であると自他に評されるが
人生の不条理にいくつも遭遇してきた最近では
若い頃ほど無邪気ではなく
明るさを保つのに相当の努力が必要になってきた
魂も環境に左右されるところが大きいということか

人には自分で思いもよらない深層心理もあるというし
つかみどころがない

それでも
今世界中で生きている数十億人のうちのただひとりが
自分であり
他のどの人も自分ではないという意識があり
毎日を私として過ごすことは不思議だね

言葉

地方に住んでいてもＴＶを通して標準語に慣れ
自分も話せると思っている
東京に出掛けた折に試してみると

イントネーションから関西人とすぐ知れるのだが
普段の生活でも純粋な方言を話す人は今は少なく
ほとんど標準語とちゃんぽんといったところだろ
う

ＴＶの普及と交通の発達による言語の喪失は
世界の少数民族においても加速化している
三十年程前からオーストラリア原住民の言語
「ワルング語」の調査をしていた東大のＴ教授*は
二十年程前この言語を話す唯一の人となったとい
う
英語しか話せなくなった民族の依頼を受けて
目下ワルング語の復活運動に協力中である

宇宙から見れば
小さな星の人間というひとつの生物が
皆同じ言葉で語り合うのは自然なことかもしれな
い
でも狭い日本の中でも
互いに通じ合わないほどの言葉の違いがあったこ
とが
歴史的な自然であり
失われつつある本来の美しい世界像なのだろう

＊　角田（つのだ）太作氏、１９９９年元旦読売新聞記事より

夕日

読売新聞情報欄の記事*によると
「夕日はなぜ大きく見えるのか」という素朴な疑
問に
国立天文台は明確に答えられないのだという
「目の錯覚」という説が一般的で

空の上で周囲に比較するものがない日中に対して
日の出、日の入りの際は手前の建物や山との対比
　で大きく見える
その証拠に
同じ望遠レンズのカメラで日中と日没前の太陽を
　写し
同じ条件で焼き付けると同じ大きさだったという
写真二枚も掲載されている
…納得し難い話である

「目の錯覚」というならば
夕日が朝日よりさらに大きく見えるのは
赤く染まりまぶしさの和らぐためだろうか
それでは「夕日はなぜ赤いのか」？
驚いたことには後者の疑問をも
現代科学では解明できていないそうだ

物心ついた頃から
友達と遊び帰りに見る夕日は大きくて赤かった
大人になると見る機会も少なくなったが
たとえ私の目に触れずとも
大きくて赤い夕日が毎日西の空へ沈んでいくことが
すなわち一日の日暮れであり地上の生活なのだった
科学的な理由など簡単なことで
たぶん小学校で習ったが忘れてしまったのだと思
　っていた

今、夕日が一層いとおしく思える
もう何十年も前から「宇宙」を旅し
その誕生から終末までを複雑な数式で説明する
科学が身近な夕日を説明できないのだ

＊　１９９６年８月29日付夕刊「もの知りエース」

地上の高さ

赤道半径六千三百七十八キロメートル
極半径六千三百五十七キロメートル
わずかに両極から押しつぶされたような回転楕円
　体の地球を
およそ千キロメートルの厚さの大気が取り巻いて
　いる
大気圏のうち高さ十キロメートルまでを対流圏と
　いい
水蒸気を多く含んだ濃い大気が対流している
大型のジェット機が飛ぶのは
高さ十~五十キロメートルの成層圏の最下方で
大気が薄くいつも晴れているところ

ジェット機に乗っているのは地上の住民たちだが
私は風や雲・雨などの気象の変化がみられる
地表から十キロメートルまでを
〈地上の高さ〉と思う
近所の人たちと
「今日はよいお天気ですね」
「洗濯物が乾きますね」とか
「雨模様になってきました」
「水遣りの手間が省けます」とか幸福な会話を交
　わしながら
時には激しい嵐に耐え
あるいは節水を呼びかける役所の車のアナウンス
　を聞き
洪水や旱魃の被害報道には
一体お天気を調節することはできないのかしらと
悔しさにかられながら過ごすのが
地上の暮らしであるから

どんな気紛れな実験に
私たちは巻き込まれていることだろう
四十六億年前巨大なフラスコの中に地球が創られ
ゆっくりと冷えてゆくマグマに
水蒸気が雨となって降り注ぎ
生まれたばかりの熱い海の中で
生命誕生への化学反応が起こり…
そして進化したヒトという生物が
そろそろこの星を破壊してしまう頃だろうかどう
　だろうかと
研究している存在がいたとしても
「今日は随分暑いですね」
「さっぱりしたものを食べたいですね」とか
「寒くなりましたね」
「ストーブを出さなくては」とか言いながら
私は地上で生きてゆく

詩集『夢宇宙論』抄（二〇一二年）

孤独

春の夜は耳を澄ますと
春の風に揺れる物干し竿が
小さく軋む音がする
どこかでキーッ、キーッと細く鳴っているのは
本当に竿なのか
その音をひとり聴いている私は誰なのだろう
音はほとんど規則正しく
時折少し長く大きく
無伴奏チェロ組曲のように
私の魂を共に揺らし一体化する

キッチンの片隅で馬鈴薯や人参や豌豆が
そして食器類もひっそりと息づいている夜

すべての命やあらゆる事物が
同じものから生まれ創られ
ひとつに繋がっていたとしても
今この時に
それぞれが孤独であることは何故なのか

春も風も
夜も竿も音も私も
野菜も器も
本当は何もなくて
はじめから
どこにも何もなくて

無限の話

天気予報ではもうすぐ雨だというのに、傘を持たずに出掛けてしまった娘の後を、私は速足で追っている。さっき家を出たばかりなのに、姿は見えない。今ごろどの辺りを歩いているのだろう。

急ぎながら、昨日読んだ「ゼノンのパラドクス」の話がふと頭によぎる。亀の二倍速いアキレスは、自分の前にいる亀を追い越そうとする。だが、亀がもといた場所にアキレスが着いたときには、亀はアキレスが歩いた距離の半分だけ前に進んでいる。そこでアキレスはさらに歩いて亀が次にいた地点に着く。でも、亀もゆっくり進んでアキレスが動いた距離の半分だけ前にいる。さらにアキレスが歩くと、亀も歩いて…

その行為を無限に繰り返しても、アキレスは亀に追いつけないという。でも実際は、アキレスが毎分二メートル、亀が毎分一メートルの速さで、最初に亀がアキレスより一メートル前にいたとすると、一分で追いつく。なぜ追いつくことができるのだろう?


「無限とは、人の考えた虚構であり、実在しない」とも読んだ。確かに、無限について考えるアリやゾウはいないだろうが、哲学者でなくても人は時に、無限を思って生きている。無限に広がる空間、無限に続く時間…

それは人の夢想か願望なのだろうか。わずか一メートルの距離にも無限がある。

住宅街の坂を降りて、大通りに出ると、先を行く娘の姿をやっと捉えることができた。信号を渡る娘。小走りになる私。私が信号に着く頃、娘はさらに進んでいる。娘は駅前のクリーニング店の前を通過する。信号が近づいてきた。

私は彼女に傘を手渡すことができるのだろうか。

空が次第に暗くなり、パラパラと小雨が降り始めた。

名前

ずっと昔
ずっとずっと昔
生まれる前の
光に満ちた天の草原の
小川のほとりで
私は誰かに呼ばれていたような気がする

それは
この世のどの言語にもない
低くて優しく根源的な響きで
短く繰り返される私の名前
無心に手で水を掬う小さな私を
そっと振り向かせ
微笑みをさせてくれた
遠い呼び声が
いつもそこにあった気がする

始まりの前であり終わりの後である世界には
ただひとつであり無数でもある名前で呼ばれる
白い子供たちがいて
命の灯されるまでの永い時を戯れながら待ってい
た

ずっと昔
ずっとずっと昔
呼ばれていたその名前で
いつかまた私が表される時が来るだろう
それは
この世のどんな音楽も奏でることのない
深くて荘厳な裸の調べで
誰かに歌われる私の名前

夢宇宙論

宇宙は一匹の愛嬌あるタヌキのような、何かちょっとした凡庸な存在が眠って見ている夢である。

彼は宇宙の外部のどこかの星で、気持ち良さそうに腹を出してすやすやと眠っている。寝ている場所は、宇宙の内部であるかもしれない。彼自身もまた夢であるから、どちらともいえるだろう。彼の鼾のリズムに合わせて、宇宙はゴム風船のように膨らんだり萎んだりする。

宇宙はタヌキの見ている夢であるゆえに年齢はない。あるいは年齢は一瞬であり永遠でもあるかもしれない。夢の本質からいって、時間は自在に行ったり来たりできるため、今という時はここにあるようでここにはなく、どこにでもあるようでどこにもない。時間に流れがないため、宇宙には始まりもなく終わりもない。一方、タヌキが眠りに就いた時が始まりであり、目覚めるときが終わりであるということもできる。

人を初めとする生命は、タヌキの夢を彩る重要なアイテムである。その意識はタヌキの意識を超えて勝手に動く。人は生と死を区別するが、タヌキにとっては生も死もない。死んだものも自由に生き返るから。

もちろん宇宙は無でできている。素粒子を分解すればどこまでも小さくなって限りなく無へ近づいていくだろう。

タヌキの頭脳はきわめて単純だが、彼の見る夢の住民である私たちは、難解な宇宙の仕組みを考える。

一般相対性理論によると、質量は空間を歪曲させる。すべての物体は質量を持っているから、一匹のアリが歩く時、気の遠くなるほど微かな空間の歪みがゆっくりと移動しているだろう。質量はまた、時間を遅らせる。小さな質量の上より大きな質量の上の方が時間はゆっくり経過するから、どうせ乗るならロバより象に乗る方が、全く無意味なほどわずかに若さを保てるだろう。

量子論によると、電子は粒子であると同時に波でもあり、人が測定によってその位置を決めようとすれば速度は不確定になる。その時電子は、ゼロであると同時に無限大であり、一でも百でもその他あらゆる速さを持つ。また、速度を決めようとすれば位置が同様に不確定になるという。それはもはや物体ではないお化けのような代物だなんて、まるで夢のように可笑しな話だ！

世界のどこかに、宇宙の夢を見ているタヌキがいる。別のどこかには、タヌキの夢を見ている可憐な一輪のコスモスが咲いている。そしてまた別のどこかに、コスモスの夢を見ている素朴な一つの小石が転がっている。そしてまた…

土地

どこへ行ったのだろう
私が幼い日々を過ごした土地は
半世紀前父が勤務していた紡績会社の社宅
数十軒のプレハブ住宅が整然と建ち並んでいた
四つ上の兄と近くの寂れた波止場に座り
黙って釣り糸を垂れていた夏の日
会社は倒産し
離れてから再び訪れることはなかった

手掛かりは何もない
いつか土地の名は変わり
自然も家並みも人々も皆変化した
現在は岡山市内に位置する場所は
かつて私の知っていた「その土地」ではなく
それはどこか遠い世界に
ぽっかりと浮かんでいる
初めから存在し

一度も存在しなかったもののように
その土地へと通ずる道はない
小さな私と同級生たちが顔を揃え
広場でゴム飛びやケンパをしている
夕暮れ時のセピア色に煙る土地よ

三段壁*

屏風のように海に直立する絶壁
その岩層深くへとエレベーターで降りていく
かつては熊野水軍の舟隠し場所であったという洞
　窟内から
太平洋のきらめきが見える
ザザーッと波が押し寄せるたび飛沫がかかった
私が訪れる遥か遠い昔から

この場所に波は訪れていたことを思った
そしていつか私が世界からそっと姿を消した後も
毎日休む間もなく岩壁に当たり続ける海水
その際限なく繰り返される自然の営みの
強さと哀しさを思った

どこかに私の心の奥底へと降りる
エレベーターはないだろうか
そこは海水に近い涙で満たされているはずだ

夜寝床の中で自分と向き合っていると
長い年月の間に堪えていた涙、堪えきれなかった
　涙が
私の洞窟へと寄せては返す
静かで激しい波音が聞こえる

＊　和歌山県西牟婁郡白浜町の名勝

永遠の話

「動くものは動かない」とゼノンは言う。

私がA地点からB地点へ進もうとする時、まずAとBの中間点M1まで進まなくてはならない。次にM1からBまでの中間点M2まで進まなくてはならない。さらにM2からBまでの中間点M3まで進まなくてはならない。そして…

Bまでの中間点は次々と無限に現われ、有限の時間で通過していくことはできない。だから、私はどんなに近くても目的地には永遠に到着しない
(?・?・)。

無限を考える時、恐らく人は永遠に動けない。無限個の中間点など、一跨ぎすればよいではないかと思っても、その一跨ぎに永遠の時間がかかることになるだろうから。

でも、実際の私はどんなに遠くても一歩一歩足を下ろして目的地に到着することができる。それは日常生活の中で、私が無限を考えていないからだろうか。


昨夏、持病のパーキンソン病が一時的に悪化した父は、脳や脊髄に損傷があるわけではないのに、どのようにして歩けばよいのか分からなかった。

病院のベッドから起き上がることもできなかった父の体は、その時もしかしたら「永遠」に触れていたのかもしれない。

「ここの看護師さんたちは皆綺麗なドレスを着て、にこやかにお酒を勧めてくれるんだよ。」

嬉しそうにそして不思議そうに幻覚を語っていた、その時の父の目には、病室の戸口まで無限に

続く中間点が見えていて、それで動くことができなかったのではないだろうか。

生きている死んでいる

赤・ピンク・オレンジ・黄・白…
色とりどりの薔薇の花が首から摘まれ
ぷかぷかと浮かんでいる
花は綺麗だが
生きているのか死んでいるのか
旅先で私と共に薔薇の湯に浸かっている
見知らぬ子供たちは歓声を上げるが
生きているのか死んでいるのか

そんなことが分からない
見えない糸に引かれて
好きになった絵*の原画を見る旅に来た
描かれた木々に魅せられてから
車窓から眺める自然の木々も輝いて見えて仕方ない
木々は皆（絵の木々も）生きているのか

旅から戻ると
病院で微笑む父に会いに行った
呼吸器によって生かされている父は
自分で息をしていないから本当は死んでいるのか
半分光を失った目を瞬いて
生まれたての赤ん坊のように笑う父が可愛くて
私はつられて笑う自分が
生きているのか死んでいるのか
やっぱり分からないのだった

＊ 東山魁夷の風景画（長野県信濃美術館・東山魁夷

館所蔵）

晩鐘

古い病院の一室で横たわり
ぼんやりと目を開けたり閉じたりしながら
遠い旅をしていた
父がひょっこり戻ってきた

お帰り
でもただいまの声は出ない
呼吸器の外れた喉には
まだプラスティックの器具が付いていて
息が漏れるから
特別サービスよと笑って
若いナースがビニール手袋で喉の穴を塞いでくれると
ドクターに
恐らく脳の損傷がありもう話せませんと告げられていた
言葉がしっかりとほとばしり出た

お父さんボケてない？
ボケてないよ…
久しぶりの何気ない数分間の会話の後
手を振ってナースは去り
年老いた父と家族とで
満ち足りた疲れと静けさに包まれた夏の病室

私たちは今どこにいるのだろう
父が訪ねた空気澄む北の国
レンガ造りのまばらな家並みと
咲き乱れるラベンダー畑

高台に立つ尖塔に晩鐘が鳴り響き
空から天使たちが降りてくる

幸福

窓辺で空を見上げていると
「この星の住人」という言葉が頭に浮かぶ
そよそよと夏の風に葉を泳がせている庭の木と
私と
何の縁があって今身を寄せ合い
この星の動きを感じ取ろうとしているのだろう

自転速度毎秒四六四メートル
公転速度毎秒三〇キロメートル
さらに毎秒二四〇キロメートルの速さで
太陽と共に銀河の周りを回転しているという地球

おそらくもっと高速で
銀河だって何かの周りを回っているのだ

それは静かな運動である
電車に乗っているときのように
ガタンゴトンと揺れる音もしないし
風景も流れていかない
ただ夜が来て朝が訪れ
季節がゆっくり変化していく
木も私もただのんびりと
地上の風に当たっているだけでいい
その優しさがいい

なぜすべては回転しているのだろう
まるでそれが存在の定義であるかのように
木と私の体内でも
無数の電子が回転している

ビューティフル・デイ

今日はたくさんの買物をした
助手席にいっぱいの荷物を載せて
街路樹のある緩い坂道を登っていく
木が風にそよぎ
明るい空に白い雲が浮かんでいる
坂道はどこまでもどこまでも真っ直ぐに続いてい
　る
娘の録音してくれたＣＤを聴きながら
私はゆっくり車を走らせる

本当はほんの数分で道は曲がる
けれど
私は助手席に
タコの刺し身や大根や油揚げや梅干、
ビタミン剤やシャンプーやサランラップ、
それから文庫本やレンタルＤＶＤなどを載せて
愛は耐えるものであるとか
心地いいくらいのメランコリーには浸っていたい
　とか考えながら
自分が今幸福であるとも不幸であるとも思わない
で
ただ木や雲や周囲の家並みをぼんやりと視界に入
　れながら
真っ直ぐに車を走らせているこの数分間を
大切にしたいと思う

過ぎては思い出になる特別な一日がある
けれど
何も変わったことのない平凡な日々の中に
ふと意味もなく美しい一瞬がある

道が曲がったら
私は悲しんでいたり喜んでいたりするかもしれな
い
父の病気や友人の引越しや娘の成人や
何か具体的な考えに囚われているかもしれない
けれど
曲がるまでの真っ直ぐな数分間
どうでもいい爽やかな感傷に満たされているこの
　瞬間の自分が
たぶん私は気に入っている

九五パーセントの正体不明

古代インドの宇宙観では
大地の中心にとてつもなく高い山が聳え
太陽や月や星々がその周りを回っていた
そして半球状の大地は巨大な三頭のゾウの背中に
乗り
ゾウは巨大なカメの上に
カメはとぐろを巻いた巨大なヘビの上に乗ってい
た

科学が進んだ今
宇宙の九五パーセントは正体不明の
暗黒物質と暗黒エネルギーである
そして宇宙は無から生まれ
ミクロの粒子状から爆発的に膨張して
今も膨らみ続けている

信じることが真実であるとすれば
古代インドでは大地は本当に
ゾウやカメやヘビが支えていたのだと思う

確信に満ちて力強い古代の人々
拠り所のない現代人は不安定に生きている
一人千数百グラムの脳を集めて
考えれば考えるほど謎は深まり
間違ったやり方で大切な自然は傷つけられた

私たちはこれからどこへ向かえばいいのだろう
もう巨大なゾウやカメやヘビに
守られることができなくなって

スプーン

（「今」はどこにあるの？）

夜空に見える星の光は、地球に届くまでに数百年、数千年、あるいは数万年もかかっていると、ホーキング博士が世界中の子供たちに語りかける。私たちの目には光が見えているけれど、もう消えてしまって存在しない星もあると。* 遠くにあるものほど、より古い過去の姿が見えている。八分三十秒前の太陽、一・三秒前の月。そして、すぐ側の窓の外の木も、目に映るのはごくごくほんのわずかな昔の姿だ。その一瞬に葉を一枚落としたかもしれなくて。


（目を閉じて心で「今」を感じることができる？）

「あなたにもできるわ。曲がると信じて、ほんの少し力を入れるだけでいいの。さあ、やってごらん。」スプーン曲げの達人に囁かれ、固いスプーンをひょいと曲げてしまった。

科学にはまだ解明されていない力があって、そんな不思議な力が宇宙に満ちているのは分かる。例えば、良いことを想像して待っていると、良いことがある。悪いことを想像しては駄目という宇宙の法則。信じてみると奇跡が起こる。

（宇宙は本当に存在している？）
宇宙は直径一センチメートルより遥かに小さいものが爆発して始まったというビッグバン説。百数十億年前、その大きさの中に、千億個の銀河を創る全物質がぎゅうぎゅう詰めにされていたなんて？　けれど、宇宙に始まりがあるのなら、その前はどうだったのかという問いに、私たちは明確に答えることができない。ニワトリとタマゴは同時に存在を始めたか、どちらも未だかつて存在したことがないか、どちらかだろう。

（きっと…）
ヒトには理解できないことだけれど、大いなるものから見れば、無と有は同じなのかもしれない。

すべては無（＝有）から生まれ、無（＝有）であり続ける。あるいは、もともと全く存在していない。宇宙も私たちも何もかも…

＊ルーシー＆スティーヴン・ホーキング『宇宙への秘密の鍵』より

時間・幻

すべては記憶という名の幻ではないだろうか
と思うことがある
人はただ記憶を拠り所に生きているのではないの
かと

例えば今朝私は家族と顔を合わせ
言葉を交わしたように覚えている
今は昼間で彼らは各々の職場や学校にたぶんいて

恐らくは夜になると家で待つ私のもとへ帰ってくるだろう
と思っている
それが私に家族がいるということ

でも本当に私に家族はいるのだろうか？
今目の前にいない人の存在は
私の頭の中の記憶であって
もしかしたら記憶違いであるかもしれない
あるいは今目の前にいない人との関係は
たとえ一分前でも過去のことであり
過去という時間は今はもはや存在しない
そしてきっとまた会えるという確信は
やはり今は存在しない未来という時間への期待にすぎない

確かなものは何もない

共に暮らす者も離れて暮らす者も
生きている者も死んでいる者も
ただ私は家族や親族や友人たちの記憶に心満たされて
夢幻の世界に生きている

聴こえるもの

耳を澄ますと聴こえてくる
風の音
雨の音
木の葉の擦れ合う音
開いていく花の音
鳥の声
虫の声

モーツァルトの頭の中には完成された音楽があり
彼はただ楽譜に書き写すだけだったという
天才の脳と手を通して伝えられた天上のメロディー

何百年経っても美しく奏でられるハーモニー

けれども楽譜には表せない自然の曲
ドとド♯の間に無限に広がる世界がある

目を閉じると見えてくる
回転する地球
燃える太陽
浮遊する星のかけら
伸びやかに歌いながら
宇宙を巡る死者の魂

見えなくなるもの

小型飛行機から噴出する白煙で
ニュウポさん*が青空に描くアート
東京タワーから螺旋状に天へと延びるバベルの塔
新宿上空の渦巻き銀河
ＮＹの自由の女神を見下ろす横顔
三十分で消えていく大空絵画は
「見えなくなると心で何か見えてくる」と
ＴＶで語るニュウポさん
番組が終わると
髭面の彼の笑顔と彼のアートが
ゆっくりと私の中で深まっていく

数十年で消えてしまう

私たちもまた
地上に描かれたアートだろうか
はかない生をコツコツと生きている
私たちひとりひとりを丁寧に
描いた誰か
見ている誰か
見えなくなっても心で見る誰かが
どこかにいて

＊　１９６０年北京生まれのアーティスト

一センチメートル角の宇宙

まず目の細かいサンドペーパーで、青田石などの印材の表面を平らに磨くことから始めるという。書家である友が、最近熱心に取り組んでいる篆刻（てんこく）。次に文字を考え、黒い紙に小筆を使って篆書体で朱書する。これを鏡で反転させて、石に墨と朱墨で写す。印稿は納得がいくまで時間をかけて微調整するが、刀で彫る時はグイグイと一気に彫る。少しくらい欠けても刀が滑っても、それが面白さになるようだ。あとは印を紙に押したものを見て、補刀の作業を繰り返す。ようやく完成した石の印面や、和紙に押した作品の、およそ一センチメートル角の中には、果てしない宇宙の広がりがあるという。

心ある友の手はまるで創造主の手のようだ。けれど、私の貧しい手もまた、日々小さな宇宙を創造しているのではないだろうか。色とりどりの季節の花をスコップで植えるプランターの中に。適量の水に液体洗剤を加えて回す洗濯槽に。洗いあげた洗濯物を颯爽と干すベランダに。大小の皿が湯の中で乱れて重なる洗い桶に。念入りに吟味した食品の行儀よく入れられる買い物籠に。ベーコンと乱切り野菜を手早く炒めるフライパンの中にも。平凡な主婦の手が造っては消えていく、つかの間の未熟な宇宙もあるだろうか。

人は神のかたちにかたどられたものであるから、神を真似て創造をするのだろうか。たとえ神の造られた壮大で精巧で美しい銀河宇宙が、永遠のものではなく、地上の生命の繁栄が夢のようにはかないものであったとしても、私たちは今、それぞれに与えられた場所で、各々の身の丈の小さな宇宙を、せっせと造りながら生きている。

書状

平城京跡の南端近くで、「小さな住宅街」が出土したという。宮殿近くに住んだ朝廷の実力者、長屋王の邸宅は、二百六十六メートル四方（約二万一千坪）もあったが、この度発見された「小さな建物跡」は、最大で六・九メートル四方（約十四坪）とのこと。優雅な貴族とは対照的に質素な庶民の住居跡である。

TVでは、今年もNHKの大河ドラマが放映されている。歴史に名を残した人物たちの物語を、現代の役者たちが演じ、大衆が観る。私は、数百年～千数百年もの間語り継がれた偉人の一生に思いを馳せる。一方、歴史の舞台裏でつましく生きた無数の人々の生をも想う。

正倉院文書の中には、「占部忍男（うらべおしお）」や「田部宿禰國守（たべのすくねくにもり）」という下級役人らが、役所に借金を申し込んだ書状が残っているという。彼らは、「小さな住宅街」の住人であったろう。借金の書状にのみ、生きた証を残していった人。

私もそのように生きられたら、と思う。平成元年十一月、住宅金融公庫及び勤務先のS株式会社より、計二千五百八十万円の住宅ローンを借りたサラリーマン、の妻。
それだけの記録を後世に残す一生も、また良し。

＊　２００５年12月3日付読売新聞記事より

ラ・フェルテ＝ミロンの風景＊

それは一枚の風景画である
柳の木に縁取られた小さな流れに沿って佇む
古い美術館の大広間の片隅に
ひっそりと百年飾られている
二百年前のパリ北東部に位置する村の絵

私はどこにいるだろう
色褪せて灰色になった青空に浮かぶ雲の間に
くすんだ緑の畑で藁を積む農婦の胸に
木立の前で牛を引く農夫の背に
朽ちた城館の塔の上に
牧舎の窓に
いたずら気に潜んでいる私が

今初めて絵の前に立ち眺める私に
やっと来たねという

いつか画家の切り取った風景に堆積していた時間が止まり
それからゆっくり古びていく絵の中で重なっていった時間
私の知らない世界で
ずっと生きていた無数の私との出会い
懐かしさで胸が溢れる

＊　コロー作・大原美術館（倉敷市）所蔵

一音

ベートーヴェンの皇帝が力強く駆け抜けた
駅前のコンサートホール
満席の聴衆のブラボーの声と拍手に
幾度も優雅な礼を繰り返し
人魚姫のような美しいピアニストは去り
残ったオーケストラも短いアンコール曲の後に去った
まもなく一階から四階まで人気のなくなった客席
ＣＤやワインの販売で賑わったロビーも暗く静まった

心満たされて夜の電車に乗った私はふと思い出した
第三楽章ロンドの終盤で
ピアノのはずした和音の一音
一瞬の微妙な違和感と戸惑い
ベテランピアニストには痛恨の一音だったろうか
不思議に優しく心に残った

素晴らしかったね
また行こうね
友と語らいながら私の体は数十キロを移動してい
く

やがて演奏者たちも帰路につき
閉じられたホールの舞台の上には
置き去りにされた正しい一音が
ぽっかりと浮かんでいる

ピアノ協奏曲第二番

難曲で名高いが全体に速めのテンポ
終盤のクライマックスに向けては
さらにどんどん速くなる
崩される和音
作曲家自らの自由で力強いピアノの弾きに
オーケストラも走る、走る…

聴いてみたいと思っていた
二メートル近い長身、巨大な手で弾く
低音部は鋼鉄を叩くようという
セルゲイ・ラフマニノフのピアノ演奏
八十年前の録音はノイズが多いが望みが叶った

もう誰も生きていない奏者たちの
入魂のメロディーが
その時生まれていなかった私の耳に
今届く
当時の人々のわくわくと
今の私のどきどきが重なる時
それを永遠の一瞬と呼んでよいでしょうか

いつか私がいなくなり
私の遺したものなど一切無くなった世界にも
きっとまたこの音楽が鳴り響き
私のどきどきを感じ取る
今はまだいない誰かがあるだろう

いつか書く詩

いつか私は一篇の詩を書くだろう

それは今は太陽の遥か彼方
別の銀河の暗い真空に
ぽっかり浮かんでいるだろう
あるいは生まれる前の魂の国に
やがて生まれ来る大勢の子らと共に
無心に戯れているだろう

容易くは結ばれない年月を乗り越えて
やっと巡り会えた恋人のように
ある日突然私の前に姿を現わしてくれるだろう

それは昔中国で登った万里の長城のように
初めて出合うが
父祖の時代から古く心に知っていた存在として
不思議に懐かしく思えるだろう

私に書かれるために
遠い時空より長旅をしてやって来る詩
私はただそれを書くために生まれてきた
そんな詩がきっとどこかにあるだろう

昨日観たギリシャ映画の美しい王妃の
胸元に飾られたネックレスのように

エーゲ海の浜辺でひとつひとつ丁寧に拾われた
白く可憐な言葉の貝殻が
軽く涼やかな音を立てて揺れるだろう

それは決して壮大で立派な思想を語らない
きっとただひとりの大切な人のために
そしてすべての貴い命のために
いつか私が全身全霊を傾けて書く
小さな優しい愛の歌

空が青いことに

お腹に小さなプラスティック管の付いた
父を見舞う
食堂で車椅子に乗って美味しそうに食事する
父を見ることはもうできない

私は顔色の良い父に今朝はお風呂に入ったの
気持ち良かったでしょうと話しかける

もう可哀想ですからと母は父の胃ろう*手術を断
った
本人の意思を聞きましょうと訪れた医師に
父はこのまま死にたいとは答えなかった

飯の時間だと父が言う
驚く私を夫が制する
胃に直接注がれる液体にも
満足感は得られるのだろうか

滅入る私を夫がドライブに誘った
そよそよと初夏の風に揺れるケヤキの若葉
両親が私を生んでくれた世界の美しさに涙ぐむ
木の葉の色が緑であること

空と海の色が青いことに
私は感謝する
きらきらと水面に輝く太陽の光
ハナミズキの花の白
線路沿いに茂る雑草の逞しさに
転んだ子供が母親に優しく宥められ
またよちよちと歩く様子に

ゆっくりと地球は回転し
父を載せたベッドも宇宙を旅する
どうか父の病窓にも
移ろう季節のきらめきがありますように

＊ 胃チューブから水分・栄養を流入させる処置

光景

夢だったのかもしれないと思うことがある
遠い記憶である
行楽日和の古都は大勢の人で賑わっていた
広大な奈良公園をひとり散策していた私は
ふと木々に囲まれた細い坂道に迷い込んだ
人々の声が遠のき
小鳥の囀りがかすかに聴こえた
不安に駆られながらも何かに促され
急なこう配を登っていくと
目の前に開けた場所
それは音のない世界だった

大きな古い桜の木から花吹雪が舞っていた

鹿が二頭草を食んでいた
他には何もなく誰もいなかった…

そしてそこにはすべてがあった
例えば私の亡くなった祖母や義姉
今は病院で寝たきりの父も花見に訪れている
歩き始めたばかりの娘がおそるおそる鹿に近づく
小さな息子を抱く若い私
まだ生の厳しさを知らない赤子は安らかに眠り
私も穏やかに微笑んでいる
なぜならそこでは
すべてが満たされていると同時に
始めから何もないので
大切なものを失う不安に悩まされないから――
それは一度きりの光景だったのではないだろうか
その日その時開かれた空間は

またそっと閉ざされ
その場所へと誘った道はすでに跡形もないだろう

星の欠片（かけら）

「さようなら」と兄が言った
晩秋の小雨降る教会墓地で
兄と二人並んで
父の骨をひとつひとつ手に取り
墓石の前の穴に入れた

数十億年前宇宙のどこかで
滅びた星が爆発し
ばら撒かれた欠片（かけら）が長い時をかけて集まり
太陽ができ
地球ができた

私たちの体をつくる元素もまた
その星の遺したものという

だからいつか
地球がバラバラになったなら*
父も私たちも皆再び散らばって
新しい星と生命に生まれ変わるかもしれないね

「またいつか」と私は心で言った
フルートが静かに讃美歌を奏でていた
サラサラと乾いた白い粉が少し手に残った

* 恒星の最期は質量によって異なり、太陽は爆発せず膨張後に縮んで冷えていくとされているが、その時地球は飲み込まれるとか、吹き飛ばされるとか。科学の説は変遷し、遠い未来は計り知れない。

未刊詩篇

白

この世に100%光を反射する純粋な白は無いという

私は夢に見る
世界（宇宙）の果てにひっそりと存在する〝純白〟
どんな生物の目にも晒されたことがないもの
静かな森の冷気が私を誘う
遠い星の小さな湖に浮かべたボートから
私は遺灰のようにそれを撒く
指先でパラパラと…
きらめきながらすべてが緩やかに沈んでいくと
白はもうどこにも無く
私の心は至福と哀しみで一杯になる

それは雪よりも雲よりも花よりも白く
塩よりもミルクよりも豆腐よりも白い
現実にはありえないという純白

本当は身近なところに
いつも寄り添って在るのかもしれない
生まれたての赤ん坊の目にはぼんやり見えていた
けれど
いつのまにか見えなくなってしまったもの
忘れてしまったけれどきっと誰もいつか見たこと
がある
それはたぶん100％純粋な心の目にしか映らない
美しすぎる形のないもの

時間と私

旅先で撮られた当時は
写りが悪いと気に入らなかった写真
数年後に改めて見ると
今より若いというだけで綺麗に見える
わずか数年の時の流れに圧倒される
昼下がりの運転免許センターで
五年間持ち歩いたゴールドカードを没収され
新しい写真のものを受け取る時も

「すべての存在は変化している。変化するという
ことが時間である。時間は存在として現れており、
存在はみな時間なのである。」
道元の時間論が心に響く

私何をしていただろうか？
この数年間
新しい出会いも別れもあったけれど
楽しい時もしんどい時もあったけれど
ただ目の前にある毎日をコツコツと生きていた

そして数年が積み重なって数十年となり
いつか百年、千年
そうして万年の時間の中で
私の存在はもう見えないけれど
姿を変えながらきっとどこかに存在している
確かな一点となっていく

時間

それは私にとって
あまりにも貴重な十分間だった
初めて行ったパリ・オランジュリー美術館
隣接した二つの楕円形の展示室に
無限大のマーク（∞）を描くように
八枚の「睡蓮」を配置したクロード・モネ
高さ二メートル
長さは繋ぎ合わせると九十メートルという
壮大な絵に囲まれて過ごした時間
一部屋わずか十分余りで
満ち足りて後にしてしまったけれど
いつまでも何度でも思い出す

なぜ特別な時間があるのだろう
待ち望み
近づいてきて
ついに訪れ
去っていくもの
日常の中で
ぼんやりとお茶を飲む間に過ぎていく十分と
同じであり同じでないもの

人はそんな時間を自ら設け
迎えては送っていくのだろう
ハレを夢想し
ケを愛して
私はこれからも生きていく

空

今日は良いお天気だ
レースのカーテンを開け
窓から外を眺めると
隣家の屋根の上にも
庭木の枝の間にも
きれいなスカイブルーが見える
午後の紅茶を飲みながら
風景の地の色はすべて空の色と
気づいた

〝(自分が立っている所と違って)
手の届かない、はるかに高い空間〟
を空という

国語辞典*の説明がもう分からない
外に向けて手のひらを拡げたら
指の間にも空があるから…
大気が太陽の光を散乱して
青く光っているのがスカイブルーなら
きっと私の足元から
地上は空で満たされていると思う

そして夜になると
外は暗い宇宙の色になり
私はドアを開けて
月面に降り立つ宇宙飛行士のように
厳かに宇宙に足を踏み出すだろう

＊　新明解国語辞典第五版（三省堂）

雨のハルカス展望台

友と約束の日はあいにくの雨だった
雨雲の上なのか中なのか
高速エレベーターで駆け上った
地上三百メートル展望台の
窓の外は真っ白で何も見えない

喫茶コーナーでお茶をしながら
私たちは「夢」について話し始めた
長いスランプでもうやめようと思っていた詩を
きっとまた書くわと私は言った
書家の友は若い勢いのある字も良かったけれど
今は柔らかな字がいいわと言った

時折雲の合間から地上のビルや道路を見下ろすと
天空を少し身近に感じた
この際でっかい目標を持ちましょうよ　願えば叶
　うわ
そうよそうよね

雨のハルカス展望台で
四時間も粘る人はいないよね
ただとりとめもなく
夢を語り続けるのもおかしいよね

いつしか雨がやみ
西の空に
雲の中から夕陽が輝いて姿を見せた
明石海峡大橋が明日に向かって細く長く伸びてい
　た
今日は特別の日だと思った

大浦天主堂

ステンドグラスの窓を通過した光が
礼拝堂の床に色鮮やかな模様を映す
天井から吊り下げられた燭台の細いチェーンまで
黄、紫、青、緑、赤と彩られていて

いつからだろう
長崎をこの天主堂を訪れたいと願っていた
現存する日本最古の教会は
洋風ながら少し素朴な佇まいで
何年も何十年も私を待っていてくれた
土産物店の並ぶ長い石畳の坂の後
急な石段を登り詰めると
入口で白いマリア像が出迎えてくれた

至福のひと時を過ごして堂内を出ると
高台から望む澄み渡る青空と海が
時の流れを忘れさせた

たとえ瞬く間に
平穏に十年の月日が過ぎても
あるいは数十年の間に
かつて戦争による被害から修復されたように
激動の日々を経ることがあったとしても
いつか再び来る日も大浦天主堂の内部には
美しい光の絵が描かれていますように

エッセイ

物理学の歴史と詩の創造について

いつの時代にも、詩人は宇宙（世界）への関心を持って詩を書いている。日常の些細な出来事や身近な人との関わりも、自分自身の身体と心も、茫洋たる宇宙の入口なので、詩は個々の事象を捉えながら常に普遍的な全体宇宙へとつながっている。

私の場合、そのつながり方が直接的で、細かなところの描写を通して背後にある大きなテーマを滲ませるよりも、まずマクロの視点から個の事柄を包みこんでいこうとする。ちょっと乱暴ではあるが、そのようにしてときに、地上では救いがたいような状況を、救いとることもできる。

位置

春風のつよい日
転居に伴い
植え替えをした黐（もち）の木の葉が
落葉樹のようにいっせいに落ちる
この先何十年にわたる
木の生の位置が定まり
リビングの窓から見える木と向きあう形で
日々の団らんのときを過ごす
私たちの位置も決まった

いつか訪れた老人病棟の大部屋で
永く寝たきりらしい老女が
予告なくベッドの位置を替えられていた
眺めの良い明るい窓際から
壁に囲われた陰気な片隅へ
看護人の冷たい言葉に
おびえたような表情だった

私は願っている
地上のどこに移されても
黐の木はまた新芽を吹いて育つだろう
子供たちは新しい学校へ元気に通う
そして老女にもきっと良い夢を見る夜があるだろう
暗いベッドに横たわったまま
地球とともに
遥かな宇宙の旅をして

（「アリゼ」17号）

この小品を書く前に、私は苦しい想いをしていた。久しく訪ねる人のない寝たきりのおばあさんにとって、病室の窓から外を眺めることは、日々のささやかな楽しみだったのだと思う。それさえも叶わぬこととなった人生の不条理に、同じ生ある者として胸が痛んだ。しかし、それでもおばあさんのベッドは動くのである。木も子供たちも皆共に、遥かな宇宙の旅人なのだ。この認識で現実の状況に何ら変わりがあるわけではないが、私はただ諦めるだけではなく、希望を持って祈ることができると思う。いつだって精一杯愛し祈り見つめることが、私の詩の目的なのだ。

さて、この作品の視点の背景には、数世紀前の物理学上の発見がある。天動説の時代なら得ることのできなかった発想である点に、私は歴史というものを感じる。たとえば旧約聖書のなかには次のような詩がある。

わがたましいよ、主をほめよ。
わが神、主よ、あなたはいとも大いにして
誉と威厳とを着、
光を衣のようにまとい、天を幕のように張り、
水の上におのが高殿のうつばりをおき、
雲をおのれのいくさ車とし、風の翼に乗りあるき、
風をおのれの使者とし、
火と炎をおのれのしもべとされる。
あなたは地をその基の上にすえて、

とこしえに動くことのないようにされた。

（詩篇一〇四篇より・傍点筆者）

詩人の宇宙観は、時代に沿った物理学上の認識を基にしているといえるが、優れた詩人の詩句はまた、科学を遥かに超越しているものである。たとえばリルケは、ニュートンの万有引力の法則を用いながら、法則を越えた絶対存在を美しくうたいあげている。

われわれはみんな落ちる　この手も落ちる
ほかをごらん　落下はすべてにあるのだ
けれども　ただひとり　この落下を
限りなくやさしく　その両手に支えている者がある

（富士川英郎訳『形象集』「秋」より）

あるいは、高良留美子氏の『場所』所収の次の作品に私は瞠目する。

最後の樹葉

時の終りの　梢の
最後の桐の葉　それは知っていたのか
導管を昇ってくる樹液の
たしかな減少　それから養分の
絶えまない欠乏を

葉っぱは縮んだからだを風にさらし
かるくなったその容積で
黒い梢をひきよせ
陽をあびた小鳥のようにつかまえる
そしてわたしの靴のほそい踵を

うすい一枚のその影の上に立ちどまらせ
——ひからびた柄　閉じた葉脈
その脱水された葉肉をあげて
宇宙の空間と時間を歪ませる

この詩の最終行は、一般相対性理論に基づいている。アインシュタインによれば、質量は時空を歪曲させる。この場合の質量は、一枚の木の葉の持つ質量といえるが、同時に詩人自身の質量でもあり、言葉の持つ計り知れない質量でもあるだろう。詩人の豊かな創造力は、その構築する言葉によって、現実の世界ばかりでなく、非現実の世界の新しい関係をも、鮮やかなイメージで映し出す。とても魅力的だと思う。

「詩学」一九九〇年十二月号

母と子らへの祈りの詩

歌　新川和江

森の奥では死んだ子が
螢のやうに蹲(しゃが)んでる
——中原中也

生きている子どもたちを
光のなかで跳(は)ねさせているのは
闇のなかの
死んだ子どもたちです
生きている子どもたちを
ベッドの上でむずからせているのは

つめたい川を流れてゆく
生れなかった子どもたちです

生きている子どもたちの
目方をふやし　背丈をのばしてゆくのは
死んだ子どもや　生れなかった子どもたちが
使わずにたくわえている月日です

おやすみ
おやすみ
おかあさんは　子守歌をうたう
世界じゅうの　屋根の下で

目に見える子どもも　見えない子どもたちも
同じ腕に　抱き寄せて
どんなちいさな耳にもとどく
優しい声で

詩集『夢のうちそと』（一九七九年）所収

一年程前、私は『赤ちゃんとママ』という育児月刊誌の随筆欄で、新川和江さんの温かい文章と共にこの詩に出合った。それは私が切迫流産（胎児が流れかかって危険な状態）で安静入院の末、辛くも無事長男を出産してまもない頃で、入院中、心音の途絶えていった胎児や母親の事情で生まれることができなかった胎児の話に多く接し、そのように姿を見せることもなく逝ってしまうはかない生というものの意味に対し不条理の想いに捕われた私の心に深く染み入る一篇となった。

それは何という悲しい「歌」であろうと思う。何という優しい「歌」、そして何という強い「歌」であろうと思う。

「ちいさな耳」というのは水子の耳であり、水子にも聞こえるように「優しい声で」「おかあさんは　子守歌をうたう」。随筆のなかで新川和江さんは「こんな悲しみをひそかに抱きつづけ、それでも明るくふるまって、あとから生れた子どもたちを育てているおかあさんもいるのだと、私は胸がいたんだ。」と書いておられるが、失った子供というものは母親にとって時が経てば経つほど大きな存在となり、育っていく子供と同様にあるいはそれ以上に大切に思われるものであったとしても、いくら愛しても、愛されても、とり返しのつかない悲しい想いは母親にとっても、水子あるいは幼く亡くなった子にとっても決していつまでも消えるものではないのだろうと思う。

それでも、「目に見える子ども」のために、そして「見えない子どもたち」のためにうたい続ける母親の健気な強さ。「世界じゅうの　屋根の下で」という行にもあらわれているように、この詩は決して癒えることのない悲しみのなかでひたむきに触れ合おうとつくしている母と子らへの祈りの詩なのではないだろうか。

この詩のはじめには中原中也の詩句が引用されているが、それは中也が溺愛し、満二歳で急死した長男文也の霊に捧げた詩集『在りし日の歌』のなかの『月の光その二』という詩の最終連である。

お、チルシスとアマントが／庭に出て来て遊んでる／ほんに今夜は春の宵／なまあつたかい靄（もや）もある／月の光に照らされて／庭のベンチの上にゐる／ギタアがそばにはあるけれど／いつかう弾（ひ）き出しさうもない／芝生のむかふは森でして／とても黒々してゐます／お、チルシスとアマントが／こそこそ話してゐる間／森の中では死んだ子が／螢のやうに蹲（しゃが）んでる

「チルシスとアマント」というのは、生きている子供たちだろう。月の光の下で戯れている子供たちの陰で、死んだ子が「螢のやうに」美しく淋しくはかなくしゃがんでいる。中也のまなざしもまた透明に優しい。生きている子にも、死んだ子にも、とりわけ死んだ子に対する悲しい想いが痛く伝わってくる。

父親の想いは母親のそれとは同じでもあり、異なって

もいるのだろうか。子供たちの弾きなずんでいる「ギタア」を取り、子供たちのためにうたうことができなかったのだろうか。中原中也は愛児の死後、衝撃のあまり神経を患い、翌年自らも病死している。

「アリゼ」二号　一九八七年十一月

私が宇宙だったとき

——今、詩を書くことの意味を巡って

現在、日本全国で数万人の詩作人口（成人）があるといわれているが、民衆芸術としての詩を考えるとき、人々は一体何のために詩を書くのだろうか？　その目的が希薄化しているように思われる。私自身が直面している問題と重ねて考えていきたい。

一般に中高年からのスタートの場合、子育てや生業の一段落とともに生じた余暇を利用して通い始めた、カルチャーセンター等の詩の講座で詩作と出合うことが多いようである。彼らは多かれ少なかれ、若い頃詩や文章を書くことが好きだった、あるいは文学（読書）に親しんできた経験があると思う。はじめに、切実に書きたい

事柄があった上で、方法を学ぼうとする人は稀だろう。まず「何かを書いてみたい」という漠然とした欲求があり、書き方の指導を受ける。技術的なことはある程度学ぶこともできるが、詩はつまるところは書く人の個性の表現である。表現方法にも個性が必要とされるが、内容にいたってはその人の物の見方、考え方、人間性といったものが重要となる。そこで、詩作を始めた人々が習作期間を経た後ぶつかる最大の悩み・関心は「何を書くか」ということになるのである。

日常の出来事や過去の思い出などを楽しんで書き続けることのできる人は幸いである。民衆芸術としての詩はこれらの人々のためにある。詩を書き続けることによって、生活や人生が豊かになり、交友も拡がるだろう。内容が個性的な人はさらに幸運である。現在の生活やこれまでの体験が、普通と少し違って特殊な環境や状況である場合、読み手にとっても新鮮で興味深く、書く人も書くことの意義をより深く感じることができるだろう。「何を書くか」に悩むことなく、ひたすら表現の方法や技術を磨いて文学性を高めるとよい。

私の場合、詩作を始めた動機は、二十代前半で結婚後、OLを辞めて家庭に入ったことから余暇が生じ、何か創造的なことをしていきたいと望んだことであったと思う。OL生活に未練がなかったのは、もともと就職を決める時点で自分の希望が定まりきっていなかったことによる。教職や事務職ではなく、私は世界中で私にしかできない個性的な仕事を、とだけ夢みるように考えていた。それは何らかの芸術的領域でしか叶えられない望みだろう。芸術の中でも文学、それも詩を書こうと思い立ったのは、十代の頃受験雑誌の投稿欄で評価を受けていたことを思い出した、という単純な理由からで、その後十数年経った今となっては少し後悔もしている。私はあまり読書が好きな方ではないし、思考方法も数学的で決して「文学人間」ではない。ただ思春期には誰でも詩人になるものなのである。というわけで、十〜二十代で詩作に入るケースに多い商業詩誌への投稿を私は開始し、六年余り続けていた。

投稿欄の作品には、日常を契機としつつも日常の裏側に潜むメタフィジカルな世界像をいきなり描こうとするものが多い。又、前述の素朴な日常生活詩から書き始めた人の場合でも、遅かれ早かれ詩というものの永遠のテーマである、新しい死生観や世界観の構築というところへ向かっていくのが一般的である。ある程度の期間は、各人が固有の人生経験や思考パターンを駆使して作品を仕上げることができる。しかし、やがて何を書いても自らの旧作の二番煎じとなり、いよいよ「何を書くか」と深刻に思い悩む時期を迎えるのである。

私が宇宙だったとき、私には面白いように次々とメタフィジカルな詩が書けた。思春期にそうであったように。私が宇宙だったとき、それは私が妊娠・出産・新生児の育児という女性の人生で最も充実した時期を過ごしていたときである。それは本当に不思議なときだった。非常に現実的でありながら、全く非現実であるとしかいいようがなかった。私の中から新しい生命が誕生するのである。無から有の創造、これはかつて何もないところから宇宙というものが創造されたことの模倣である。そして現在の宇宙の、最も重要な営みである。あるいは、赤ん坊というものは、私の体内でつくられるのではなく、私の体は、遠い異次元の世界とこの世とを結ぶ門のようなものだろうと思われた。その異次元の世界とは、誕生前の魂だけの世界なのか、死者の魂も同じところに存在しているのかわからないが、ともかく私は、生死の世界の統合体としての宇宙というものの、重要な一点として機能していたのだった。このことは、決して文学的ではない、数学的な私の頭にとっても充分詩的刺激性があり、まさに湧き出ずる清水のごとく、私は私にとって新鮮な詩を書いた。

この頃に書いた作品を集めたのが私の処女詩集『輪ゴム宇宙論』であるが、私がとても悲しかったのは、この詩集を読んで下さったある女性詩人の方から、「私は子供が欲しかったがどうしても恵まれなかった。この詩集で描かれている出産の喜びを読むのは辛すぎる」という感想をいただいたことである。私はただ、いろいろな事情で出産をしない女性詩人や、男性詩人たちの経験できない貴重な時期を持つことができた幸運を天に感謝することしかできない。

しかしながら、思春期にしろ、「宇宙期」にしろ、人生における特別の時期、あるいはどんな年代にせよ書き始めの希望にあふれた時期に詩が書けることは、いわば当たり前のことであり、その頃に書けたからといって、生涯書き続ける資質や才能を有しているとは限らない。特に、もともとさほど文学と縁のなかった人間は、この時期を過ぎると、たちまち文学人間ではなかったという現実にぶち当たるのだ。詩との蜜月を終え、平凡なひとりの人間に戻った自分が、さてこれから一体何を書いていけばよいのか、途方に暮れる。一方で、詩の講座や投稿の後、所属して一緒に書いてきた同人誌の仲間たちや、詩集等のやりとりで全国に拡がった詩人たちとのつながりが、自分にとってすでに大切な財産となっている。しかし、これらの人間関係は詩を書くことを前提としている。詩を書き続けていることが要求されるのである。そのためにも、又これまでの努力を無にしないためにも、何とか新しいテーマを見つけて前進したいと思う。特別に秀でた、しかも海の水のように限りなく豊かな才能を持つわけではない、一般の詩の書き手が継続して書き続ける場合、一度は乗り越えなければならない壁だろう。ただ自然に詩が湧いていた時期を過ぎ、自分の人生観をすべてこれまでの作品に書ききってしまったように思われるとき、改めて何のために詩を書くのか、何を書くのか、自らを振り返って考えなければならないのである。すなわち、それが現在の私の状況でもある。

さて、詩作には書き手によっておよそ二通りの取り組み方があるように思われる。ひとつは、言語至上主義的な書き方で、内容よりもひたすら言語表現の美学が追求される。ここには確かなストーリーや訴えたい考えはなく、何らかの詩の蕾から、独創的な詩句の表現が次々と開花していくように詩が展開される。読者には内容はよくわからない場合が多いが、優れた詩には美しい音楽を聞くときのようにうっとりとさせられる言葉の魅力がある。芸術性の高い詩だと思う。

もうひとつは、まずはじめに表現しようとする内容があって、それを詩の言葉に変換していく書き方である。ここでは、言語は原則的にその美しさよりも内容を伝えるためのわかりやすさに重点が置かれる。読者はその詩に激白されている、ないしは抑制して表現されている作者の感情や思想あるいは情景に共感したり感動したりすることができる。

二通りの詩作パターンは各々別個のものではなく、それぞれの良さを取り入れて、作者独自の手法を編み出していけばよいと思われる。言語だけではパターン化を免れるのに余程の天賦の才能とたゆまぬ努力を必要とするだろうし、内容を大切にする場合もひとつひとつの語句や詩句をいかに慎重に吟味し洗練していくかが詩的生命力となるだろう。

私の場合はほとんど後者の書き方で、現実の生活に根差したところの思想詩のようなものであるが、個性としては自分の興味のある分野である科学的な情報と視点を取り入れている。現在行き詰まりを感じているのは、「宇宙期」を過ぎて以来、生活が平凡化したことと、安定して継続的な新情報入手源がないこととによる慢性的な題材不足が原因であると思う。

しかしながら、題材不足という状況について、これはある意味では書き手の人生において、深い思索を必要としない、安定した平和な時期である場合が多いのかもしれない。書くべきこと、書きたいことは一通り書き終えた。今の生活は平穏無事である。あるいは生活が非常に充実して多忙であり、詩的瞑想にふける余裕がない場合もあるだろう。そのようなときに、特に書きたいテーマもなく、なぜ詩作を続ける必要があるのだろうか。これまで育ててきた詩の世界との関係を継続したいという気持ちがあるにしても、詩を書くこと、詩を書かねばならないことが心の負担となり、苦しみさえするとき、その人にとってそれでも詩作にプラスの価値が存在するのだろうか。行きつくところ、何のために人は詩を書くのだろう?

しかしその問題は、視点を変えて個人の人生の一時期ではなく、世界の歴史の一時期を考えたとき、どうなるだろう。つまり、歴史上、比較的詩的素材に恵まれた時代と、そうではない時代があるのではないだろうか。それでも、人類は言葉というものを産み出して以来、どんな時代にも詩を作り続けてきたのである。それは一体何故なのか？

答えは簡単である。いつのときも、作者が作りたいと思ったから、詩は作られたのである。いかなる状況においても、詩をやめるかやめないか、究極のところ、詩を書き続けることを自分の人生の一部として選んだ人は、詩を書きたいのである。書くことが好きだから、人は詩を書くのである。

というわけで、近年来自らの文学的な土台と構築力の不足に悩んできた私も、ともかくこの先も出来不出来に関わりなく作品を生み出していこうと決心するに到った次第である。無いものをあげつらって諦めるのではなく、与えられたものをさらに豊かに膨らませていく努力をしたい。今後はそういった前向きの姿勢で文章を進めよう。

小説と違って詩は一般に、私的な色彩が濃いと思う。小説の主人公が作者自身であると見なされることはあまりないが、詩では「私」はすなわち作者であると受け取られる。フィクションの場合は、作品の中でそれと匂わせるか、後記にでも断わりを入れなければ、読者に実体験と思われてしまう不便がある。小説的なフィクションの手法で詩作していく書き手もあろうが、大抵は作者のモノローグあるいはスケッチとして詩は書かれるものであるため、世界が拡がりにくいということがあるかもしれない。

詩作が小説制作よりも大衆的でありうるのは、詩は小説ほど多大な時間と労力を要しないためだろう。会社の休憩時間にでも、料理の合間にでも草案を書くことが可能である。しかし、この手軽さに甘えていてばかりではいけないのではないだろうか？　詩は、思いつきやムードで一気に書いてしまうこともできるが、それでは新しい作品を長年書き続けることに無理が生じる。詩人も小説家のように、ひとつの作品を書くにあたって、取材や資料の整理や研究といった、手間隙をかけた地味な作業をするべきであると私は思う。現代は情報化時代である。読者は文学作品を読む際にも、何らかの情報を得ることを求めている。たとえば詩の内容が個人的な追憶であっても、その情景には地名や正確な年代やいろいろな小道具があった方が読み応えがある。それには単に自らの古い記憶に頼るだけではなく、昔の知人に尋ねたり、郷土の資料に触れる等の努力を積むことで、必然的に作品に深みも味わいも加わるのではないだろうか。

詩のテーマには、各人様々なものがあるが、「一生のテーマはすでに書き始めの頃の作品に現れている」という説を聞いたことがある。その説に耳を傾けるならば、今一度初心に戻ってどこから自分がスタートしたのか、確認することも有効だろう。私の好きな詩人のひとりである菊田守氏は、「誰に何と言われようと小動物の詩を書き続けなさいよ」との村野四郎氏の言葉を心の支えとして、四十年間小動物詩を書き続けてこられたという。その間作品がマンネリ化することなく、常に新鮮で魅力的であることは、秀でた才能と温かい人間性あってのことで真似はできないが、何か自分の好きなもの、興味のあることを長年にわたり追求し続けることは、個性的な詩業のために必要な姿勢だと思う。一作ごとに生まれ変わっていくというタイプの詩人にしても、その底流に何か一本筋の通った精神の一貫性が存在してこそ、読者の心を捉えることができる。

自らの詩のテーマは、広く浅くの世渡り上手的なものではなく、狭くてもよいから一途に深く、不器用にコツコツと耕していきたいと私は思っている。それが、誰に（自分にも）強制されるわけではなく、ただ純粋に好きだから書く民衆詩人のひとりとしての私の信念である。

次に、新鮮な題材と出合うための詩人の資質というものについて触れておきたい。今年二月に亡くなられた安西均氏の詩集『チェーホフの猟銃』に収められた「手旗、颯々」中に次のような詩句がある。

詩とは傍受であらう。幽かな〈存在者〉が、この世に絶えず送りつづけてゐる鈍い通信を、目を凝らし耳を澄まして傍受することであらう。

詩人の中には、この「傍受」によってオートマチズム〈自動記述〉の詩を書く人さえいるが、それは特殊な例としても、詩を書く人は、世界との関係において、自らを空にして見ること、聴くこと、感じることが大切なのだろうと思う。それは超自然的存在からのメッセージの受信かもしれないし、常識を覆すような世界の真の姿を知るための作業なのかもしれない。あるいは、自分自身の深層心理との出合いでもあるだろう。

表現にあたっては、何らかの具体的な日常性を通っていく必要があると思う。日常的視点から始めながらも、傍受によって得た超日常的な知恵へと飛躍していくこと、それが詩作の根源的な目的なのである。それは決して難しいことではないし、詩句も平易であってよい。詩を書き続けている人は、自分で気づかなくても、本質的にそういった姿勢を身につけている人といえるだろう。

私は私の畏敬する宇宙詩人の大先達である犬塚堯氏に、「スランプで書けません」との苦しい近況の便りをお送りしたことがある。そのお返事はひと言、「書けないのではなく、書かないのです」。安西氏の詩句の通り、〈存在者〉からの通信は、私たちに向けて絶えず送り続けられているのである。私は、「何を書けばよいのかわからない」と自分勝手に決めつけ、思い込んでいて、受信のアンテナをデリケートに張り巡らす努力を怠っていたのだ。犬塚氏のアドバイスは、すぐに作品を仕上げようとするのではなく、短いスケッチや詩句の断片のメモを書きためて、それらの中から自然に熟成し作品化できるときに備えなさい、ということだった。私は早速「詩作ノート」を作って、新聞や雑誌の切り抜きや抜き書き、TV番組の記録、発想のメモ等をためることにした。作品の〆切が近づくと、このノートを開いて、何らかの詩の契機や核を求めることができる。願わくば私のアンテナが、プエルトリコのアレシボ天文台でE．T．から発信される電波を探す世界最大（直径三〇五メートル）の電波望遠鏡のように、いつも雄大でありますように。そしてキャッチした情報や知恵を、交換し共感し合う多くの仲間たちに恵まれますように。

　私の詩友桃谷容子さんの詩集『黄金の秋』の巻末に、「詩人の墓」という静謐な作品がある。ポルトガルのジェロニモス寺院を訪れた作者は、観光客たちの群がるヴァスコ・ダ・ガマの墓にではなく、ひっそりとした詩人カムンニスの墓に近づき、そこで〝心が震えるようなものを見〟る。眼をつむったカムンニスの石像の組み合わされた指の中に、名も知らぬ野花が供えられていたのだ。

> リスボンにもやはり詩を書く少女が居て／詩の精進のため／休みのたびに野花を持って／この寺院に参りに来るのだろうか／なんという至福だろう／詩人であるということは／／雨が止んだらしい／紅いステンドグラスに陽が差し込んできて／大理石の彼の頬を薔薇色に染めだした／あたかも少女に花を挿してもらったための／羞恥のように

　私は感動する。野の花を供える〝詩を書く少女〟の無垢な魂に。詩人として生き抜いたカムンニスの生涯に。そして、一束の野の花からこのような少女を描いたこの作品の作者の豊かな詩的感受性に。

　私は、身体的に宇宙だったとき、詩と出合った。これからは、逆に詩を書くことで、精神的に宇宙の確かな一部となっていきたい。そして、無名の者も、有名の者も、詩を書くこと、詩を書き続けることで等しく得られる至福のときを祈って、この拙い文章を終えたい。

「詩と思想」一九九四年八月号

不思議な世界

　誰でも一度は、宇宙には果てがあるだろうか――、と考えてみたことがあるだろう。しかし、この問いは人間の知能の限界を超えたものである。果てがあるとすれば、その果ての向こうには何があるのか――、と考えてしまって埒があかない。あるいは、宇宙には始まりと終わりがあるのか――、という問い。始まりの前と終わりの後を思うと悶々とせざるをえない。

　にわとりが先か、卵が先か――。物質を構成する粒子を細かく砕いていけば、無限に小さくなってついには無になるか――（つまり有は無からできているのだろうか）とか。

　人間にとっては答えがない、この手の根源的な問いから、あらゆる芸術は生まれたのではないだろうか。この世界の不思議な性質あるいは成り立ちから。

　しかし、あえて答えるとするならば、宇宙には果てがあり、果てがない。始まりと終わりがあり、始まりと終わりがない。つまり、正反対の概念が一致する、それが世界の仕組みなのである。納得いかないかもしれないが、それ以上、人には理解することはできない。

　そのことを踏まえると、詩の表現で、例えば、「一瞬であり永遠でもある…」とか、「無数にありひとつもない…」等の反対語の同列が、説得力を持つ理由が分かるだろう。

　実際、私たちは自分の存在さえ、確かであると言うことは出来ない。存在しているし、存在していないから。そんな矛盾だらけの世界だからこそ、懸命に描こうとされるのである。

「アリゼ」92号　二〇〇二年十二月

タイムトラベル

科学雑誌『Ｎｅｗｔｏｎ』十月号を、「時間とは何か？タイムトラベルは可能か？」の見出しに惹かれ、購入した。科学者によるタイムトラベルの難しい理論が説明されていたが、現段階での実現可能性はなさそうである。

タイムトラベルの発想はＳＦ小説から生まれたようだが、映画化も随分されている。もしタイムマシンで過去に行ったとしたら、歴史は変えられるのか、というテーマもある。映画「タイムマシン」では、主人公は婚約者が殺されないように過去に行くが、何度行って彼女を助けても別の方法で彼女は死んでしまう。それに対して「バック・トゥー・ザ・フューチャー」では、過去の事故や事件や不正を未然に防ぎ歴史を塗り替える。これらは対照的であるかのようだが、前者でもタイムトラベラーの介入によって過去の出来事が少し変化している。これに対して、歴史は全く不変であるという考え方もある。その場合、誰かがタイムトラベルしたとしても、そのこと自体がもともと歴史に織り込み済みである。

それにしても、過去や未来に行くということは科学の発明次第でありえる話なのだろうか。過去や未来に今行くということは、過去や未来が今どこかに存在しているということだろう。でも、過去は記憶の中に、そして未来は想像の中にしかないのではないか。さらに言えば、現在とは時間的な幅を持つのだろうか。幅がゼロだとするとそんなものが実在すると言えるのか。頭の痛い話だが、時間の存在そのものがはっきりしないのである。

「アリゼ」103号　二〇〇四年十月

感覚

私たちは日頃、外界を自分の目で見て、世界とはこのようなものだと思っており、もし見る「目」が違えば、同じ世界が違って見えるだろうと考えることはあまりない。しかし、実際昆虫の目で見れば、世界は全く別物に映るだろうし、「ターミネーター」等の映画での人工眼が見ている風景も特異である。私は近眼だが、はじめてコンタクトレンズを装用したとき、パッと世界が明るく見えた。それだけでも何かしら違ったものだった。

さて、人は鳥より性能のよい目を持っていると思っていたが、そうではないらしい。人は赤、緑、青の光を感知する三色型の色覚を持っているが、ニワトリは赤、緑、青、紫の四色型の色覚を持っている。つまり、人は三原色の光の世界を見ているが、ニワトリは四原色の世界で、人より細かく色を識別している。鳥類の他、爬虫類も四原色とわかっている。鳥類や爬虫類のうち夜行性のものが哺乳類に進化し、夜に活動するため色を見分ける能力が退化し、かわりに白黒の明るさに反応する色覚が発達したということである。

生物の種類が異なると、同じ世界が異なって見える。視覚だけではない。五感の仕組みが変われば、世界を捉える感覚が変わる。六感以上の感覚を持つ生物もいるかもしれない。そして無限の感覚で世界全体を把握するものが神といえよう。私たちは、各々の感覚によって様々な姿を現わしながらもひとつである世界の不思議によって、芸術を産み出していくのである。

「アリゼ」40号　一九九四年三月

キリスト詩

　私はクリスチャンであるが、二人の子供は縁あって仏教系の私学に通っている。「教養」として仏教に触れるのも良し、と割り切って入学させたが、私自身日本人として仏教にも自然と親しんで育っており、あまり抵抗感はない。ところがキリスト教というのは一神教であり、他の宗教を認めないのが本当である。そのために親戚の葬儀で焼香を拒んだりしてトラブルを起こさずにはいられない熱心な信者もいる。私はご遺族の気持ちを思い、焼香し経を読みお供えもさせていただくことにしている。正しいことかどうかは分からないが、それは信仰の問題ではなく、思いやりの問題だと思っている。

　先日は息子の中学のＰＴＡで、「写経の会」を催すことになった。今年は役員としてお世話をする立場上、予行の日に私も黙って筆を持った。書いたものは巻物にして奈良大仏の胎内に納められるという。それは私の死後もずっとそこに存在するらしく、何だかとても壮大でありがたいような気になって、祈願家内安全としたためて帰った。息子に、「まー、神も仏も同じものでしょ」というと、「それはないやろ」とあっさり言われた。

　詩を書くに当たっては、根底にキリスト教精神を込めているつもりである。しかし「神」とか「愛」とか直接書くと、合評会で毛嫌いされる。読まれないのでは困るので、さりげなく表現することに腐心する。ところが無信仰の人をも感動させる堂々たるキリスト詩というものも確かにあって、つまりは心と技法の差であると思う。

「アリゼ」78号　二〇〇〇年八月

蝶の数え方

「てふてふが一匹韃靼海峡を渡って行った。」

という安西冬衛の有名な一行詩があるが、蝶は日本語では一頭、二頭と数えるのが正しいそうである。一匹、二匹でも間違いではないが、学術論文等で匹を使うと格が落ちるとか。

では、なぜ蝶を一頭、二頭と数えるのだろうか。疑問に思ってインターネットで調べてみたが理由ははっきりしない。

「英語でone head, two headsと数えることに由来している。この数え方は明治初期に海外から入ってきたもので、標本カタログなどに使われていた助数詞を、そのまま利用したもの。標本で蝶の頭部のないものは欠陥品であるため、頭の数を数えるようになった。」という説が有力に思え、他には英語でone individualというのを誤訳したのが始まりという説もあった。どちらにしても、英語に由来するのではないか。

しかし、アメリカ在住の友人に蝶の数え方を問い合わせたところ、蝶は数えられる名詞であり、one butterfly, two butterfliesと数えるのであって、日本語のような助数詞は英語では使わないという。なるほど。でももしかしたら蝶の標本を数える時にはone head, two headsという言い方もあるのでは？　それを日本語で一頭、二頭と訳したことから生物学で定着したのでは？　と食い下がったが、隣人のnative speakerにも聞いたが、one head, two headsという言い方は聞いたことがないとのこと。結局よく分からず仕舞いである。

「アリゼ」104号　二〇〇四年十二月

天才遺伝子

イギリスのグラスゴー大学の巨大な冷凍庫には、世界中のトップアスリート千人以上のＤＮＡが保管されているという。ヤニス・ピツラディス教授によれば、短距離走等の瞬発力系競技の能力に関わる有力な遺伝子のタイプがある。それは筋肉の構造を強める働きを持つ「ＡＣＴＮ３」と呼ばれる遺伝子で、オリンピック選手の多くはこれが「ＣＣ型」だそうだ。また、オーストラリアのシドニー大学キャサリン・ノース教授の研究では、長距離走等の持久力系トップアスリートの場合は、この「ＡＣＴＮ３」が「ＴＴ型」の人が高い確率であるらしい。遺伝子だけでオリンピックに出場できるわけではなく、環境や努力や性格など色々な要件があることは当然ながら、先の冬季オリンピックで選手たちの驚異的な競技ぶりを見ていると、人類の中で選ばれし者、天才を感じてしまった。

天才はスポーツだけではない。オーケストラの演奏を聴いても、多種ある楽器それぞれの譜面を書き、すべてのパーツが合わさって奏でられるハーモニーを創り上げる作曲家の仕事は、神業としか言いようがないと思う。建築家もすごい。高層ビルや海上の橋など私には存在自体が信じられない。その他、芸術や科学等々あらゆる分野のトップには天才遺伝子があるのかもしれない。

けれども、世界は大多数の凡人が支えている。アスリートの活躍の陰には多くのスタッフたちの地道な働きがある。交響曲を演奏するアマチュアの音楽家たち、建築作業をする人々。そして凡作の詩を書く私にも、努力や楽しみや生き甲斐がある。

「アリゼ」136号　二〇一〇年四月

私と宇宙

「あなたにも出来るわ。目を瞑って、宇宙から頭の上にパワーが下りてくるイメージをするの。」

昼下がりの喫茶店で、スプーンを持って、私は意識を集中させていた。昔流行ったユリ・ゲラーのように指でさすって曲げるのではなく、両手で軽く力をこめて曲げるという。親友の持ってきたスプーンはとても硬く、通常の力で曲げられるものではない。静かに数分が経ち、「あ、できる」と思った瞬間、私の手の中でスプーンが柔らかいゴムのように、グニャリと曲がった。

この世界には、科学では説明のできない不思議なことが沢山あるものである。それは私たちが、人間という一生物の持つ限られた脳で思考しているから分からないのだと思う。若い頃から、私はぼんやりとそのようなことを思い、広大な宇宙や、全能の神の存在を意識しながら生きてきた。二十代半ば頃、同人誌に入って現代詩を書き始めたが、程なく生まれた「輪ゴム宇宙論」という詩が「詩学」投稿欄で一席になってから、私の詩作の基本テーマが「宇宙」になってしまった。

処女詩集『輪ゴム宇宙論』には、出産の詩もいくつかある。本当に子を孕むこと程不思議な出来事は無く、新しい命は遠くて近い宇宙の中の、どこか別次元の「天」のような所からやってくるのだと思った。妊娠中私は宇宙としっかり繋がっていた。それから、平凡な主婦として子育てをしながら暮らしてきたが、日々の暮らしにあっても、常に高い宇宙から見下ろした「地上の生活」という意識を持っていた。

昨年纏めた『夢宇宙論』には、「宇宙は一匹の愛嬌あるタヌキのような、何かちょっとした凡庸な存在が眠って見ている夢である。」という書き出しの、「夢宇宙論」

という散文詩を書いたが、この詩集では、父の病気と死を通して宇宙と繋がった。巻末の「星の欠片」という詩の中に、

数十億年前宇宙のどこかで
滅びた星が爆発し
ばら撒かれた欠片（かけら）が長い時をかけて集まり
太陽ができ
地球ができた
私たちの体をつくる元素もまた
その星の遺したものという

だからいつか
地球がバラバラになったなら
父も私たちも皆再び散らばって
新しい星と生命に生まれ変わるかもしれないね

と書いた。私は魂というものを信じているので、人の魂は宇宙のどこかにある、「天」から来て、天に帰って行くのだと思うが、肉体もまた、宇宙から来て、宇宙へ還っていくのである。私たちの地球もまた宇宙の一部であるから、当然のことなのだろう。

「something」17号　二〇一三年六月

解説

柳内やすこさんへの期待

伊藤桂一

「詩学」の研究作品の合評を手伝っていたころに、私は柳内やすこさんの作品には､特に心を惹かれた。作風は、少々哲学的で、抑制のある格調を持ち、同時に温雅で明るい抒情が底流していた――そんなところに惹かれたのだ、と思う。

いま、そのころから、ずっと研鑽を重ねてきての、この一巻の詩集を読んでみると、より明確にこの詩人の全体像がみえてくる。柔軟にして潤達な詩業の充実ぶり、さらに前進への静かな気勢を秘めていて、読んでいてたのしかった。

柳内さんの志向は、大きくいえば、グローバルな人間への愛、であり、狭くいえば、人間の生死へのあたたかな思いやり､ということになるのかもしれない。表現も、晦渋なものは何もなく、さわやかに処理されているのは、この人の生き方の視野が、しっかりと確立しているからであろう。この世への、つつましい祈りをこめて歌う、といった姿勢にみえる。

にんげんの女たちも
地球を回る月の周期に合せて排卵したり
満月の真夜中や明け方に多く出産すると
　いうではないか
もう何十年も
空を見上げるすべを忘れてしまっていても、だ
　　　　　　　　　　――「疲れた牡蠣」

右の詩は、詩としてもユニークな面白さを持つが、基底には、人生に対する明るい肯定観があって、それが、私たちに〝生きてゆくことへの安心感〟を与えてくれるようである。

この思想の上に立って、死生観が述べられてゆく。

「死んだことがありますか」
と聞かれ返答に詰ってしまった
生れ変わり（輪廻）を信ずるのなら
もう幾度も死んでいることだろう
「二度目なら楽ですが
初めてでも恐れることはありません
安死も難死もあるけれど
案ずるより死ぬが易しといいますからね
死ぬ時は苦しいので
二度と死ぬものかと思うけれど
しばらくすればもう忘れて
また死ぬことができるものです」
――「対死カウンセリング」

右の、いかにも洒脱な死生観。軽く読ませてくれながらも、充分にゆきとどいた死と生への眼と心があって、単に思いつきで書かれたわけではない。

この思想は、さらに「死者たちのバス」で、

私たちを乗せたバスが／突然宙を舞い転落していった…運転手は奇跡的に助かったのか／彼の姿だけ見当らなくて／純情なガイド嬢は／止まったままのバスの説明に困っている

といった、心霊学的なものへ、及んでゆく。心霊学でも、事故による死者を、この詩のように解釈するが、この詩人の場合は、直観で処理しているので、その観念は、さらに進展する。「返信」では、死者は〝今頃はどのような風光明媚を／一人で旅しているのでしょうか〟といった類推に到りつく。本来、死者への明るい思いやりをもてる、ということは、詩人のもっとも秀れた特質なのだが、まだ死生観と取り組むほどの年齢でもない柳内さんに、こうした思想が、それも自然に醸されていることはふしぎである、と思う。

こうした死生観が確立していれば、生活実感もまた、安定した歌いぶりになる。「影」では〝こんな陽に照らされて／影を引いた私が／影を引いた子供を連れて行く／しっかりと／手をつなぎ合って〟ということになり「バイバイバイ」では、子供を通して老人への同情を示してゆく。それも感傷ではなくて、生活の風景をみつめる、成熟した眼のかがやきを感じさせる。この詩人の人間性の質実さである。〝それでも生きているということは／微笑んでいることでしょう〟（「微笑み」）といった言葉は、みごとな人生哲学と思う。

柳内さんは、出産の詩を多く書くが、同時にそれは、死を考えての思考から発想されている。生も死も、同次元に置いての、人生への肯定観なのである。〝それぞれにはかない生を／それぞれに精一杯潔くはかなく生きるのだ／私たちはみな〟（「流れていく胎児たち」）という言葉には、真率な説得力がある。

平ゴムの本質は表と裏があることである。従って
宇宙は交わることなく循環する一対の世界である。
明白に二つの世界は生者と死者の住みかである。ね
じれたメビウスの輪であるからどちらが表なのかは
定かでない。時間の進行はそれぞれの世界で全く独
立しているが魂は時間の流れを垂直に横切ることに
より互いの世界を往き来できる。

——「輪ゴム宇宙論」

右の、表題になっている「輪ゴム宇宙論」の観念と、つぎの、人生をもっとも具象的に考える「満ちる時」の、

今少し微笑んでいる／温かいものを抱いて／私は謙
虚な存在になる／生れてこようとするものの／生れ
てこようとする力を／全身全霊で受けとめて／満ち
る時を待ちました…こんなにもいたらない私のもと
へ／来てくれてありがとう／生れてこようとするも
のの／生れてこようとする力は満ちて／喜びの時は
満ちて

とは、この人の詩性の、同質でありながらの両極を示すものだろう。前者の凝縮してゆく思念と、後者のいかにも明快な人間観。この両極の視座が、メビウスの輪をたどるようにして、どのように微妙に敷衍されてゆくのかが、いまのところ私には、たいへんたのしみなのである。

詩集『輪ゴム宇宙論』解説　一九八九年八月

柳内やすこ論
――新詩集『夢宇宙論』を中心に

以倉紘平

宇宙と人間の生活をテーマに詩を書き続けている現代詩人は、柳内やすこただ一人ではなかろうか。

私が宇宙をテーマにした作品に接した最初は、昭和三十三年、高校三年の秋に読んだ井上靖氏の『北国』冒頭の「人生」という作品であった。地球の生成の時間と対比された人生の短さに対して〈人生への愛情がかつてない純粋無比の清冽さで襲ってきた…〉という作者の感慨に新鮮で深い感動を覚えた記憶がある。その後、杉山平一氏や谷川俊太郎氏等の作品によって宇宙をテーマに或いは材料にした詩の魅力に惹かれることになったが、それらは作品としてであって詩集ではなかった。

柳内やすこには、宇宙と人間の生活をテーマにした四冊の詩集がある。

第一詩集『輪ゴム宇宙論』（一九八九年詩学社）、第二詩集『プロミネンス』（一九九二年詩学社）、第三詩集『地上の生活』（二〇〇二年土曜美術社出版販売）、第四詩集『夢宇宙論』（二〇一二年土曜美術社出版販売）である。

それぞれの詩集に大変優れた作品が収録されていて、それらから代表作を選んで、一冊のアンソロジーにすれば、ユニークだと思うし、それが可能なのは、彼女にしかない特権だと思う。とにかく彼女は、二十代の若い頃から宇宙に惹かれ続けて、今日に至っているのである。

宇宙や科学の知識からして、柳内やすこは、理系出身かと錯覚するが、大阪大学・人間科学部卒業で、文系人間でありながら、科学に強い才媛なのである。

故大野新氏は、彼女の詩のファンであるとよく口にされていたし、故杉山平一氏は第三詩集跋文で「同志柳内やすこ」という一文を寄せられたこともある。科学的思考が詩的思考と重なるところに、親近感を持たれていたのであろう。最近では、第八回三好達治賞の候補にあがった『夢宇宙論』について選考委員の新川和江さんが「文學界」五月号で高階杞一氏の受賞詩集と共に賞賛されている。

　私と柳内やすことは、「アリゼ」という同人誌で二十六年に及ぶ付き合いだが、ずば抜けて面白い宇宙詩を書くことがあって、脱帽させられる。「輪ゴム宇宙論」・「夢宇宙論」などはその類であって、彼女以外には誰も書けない傑作であると思う。

> 宇宙はごく細いパンツのゴムが一瞬にして悠久の時を駆けて一周して作られる。//輪の本質は閉じていることである。歴史は閉じている輪の上をたえまなく時計回りに進んでいる。従って歴史には始まりもなく終わりもない。現在は最も遠い過去であり最も遠い未来である。…宇宙に果てがないというのも同じ論理である。「ここ」は宇宙で最も遠い地点である。胎児は母親にとって最も遠い存在である。…
>
> （「輪ゴム宇宙論」冒頭）

　近々の宇宙科学では、宇宙は喩えて言えば無限の紐のようなものだとか、閉じられた紐、すなわち輪ゴムのようなものだとか、様々な説があるようだけれど、難しいことは私にはわからない。ただ宇宙が壮大な輪ゴムのようなもので時空間の構造も同じ性質をもっているとするなら、冒頭の記述は、わかりやすい。たんにわかりやすいだけではなく〈「ここ」は宇宙で最も遠い地点である。胎児は母親にとって最も遠い存在である。〉というパラドクシカルな表現には深い意味を感じる。輪ゴム宇宙を前提にすれば、未来を背負う赤ん坊は母親にとって最も遠い輝かしい存在であるばかりでなく、死者は生者にとって最も近しい親密な存在になるとも言えるのであって、輪ゴム宇宙という科学的思考が詩的真実と結びつく表現の魅力に脱帽するのである。

　次いで「夢宇宙論」。

宇宙は一匹の愛嬌あるタヌキのような、何かちょっとした凡庸な存在が眠って見ている夢である。／／彼は宇宙の外部のどこかの星で、気持ち良さそうに腹を出してすやすやと眠っている。…彼の鼾のリズムに合わせて、宇宙はゴム風船のように膨らんだり萎んだりする。／宇宙はタヌキの見ている夢であるゆえに年齢はない。あるいは年齢は一瞬であり永遠でもあるかもしれない。夢の本質からいって、時間は自在に行ったり来たりできるため、今という時はここにあるようでここにはなく、どこにでもあるようでどこにもない。時間に流れがないため、宇宙には始まりもなく終わりもない。一方、タヌキが眠りに就いた時が始まりであり、目覚めるときが終わりであるということもできる。…世界のどこかに、宇宙の夢を見ているタヌキがいる。別のどこかには、タヌキの夢を見ている可憐な一輪のコスモスが咲いている。そしてまた別のどこかに、コスモスの夢を見ている素朴な一つの小石が転がっている。…

（「夢宇宙論」部分）

「夢宇宙論」では、量子力学を下敷きにしていることは作品の他の記述から明らかである。素粒子なる最小の単位は、〈不確定性〉を原理とする波動のようなものであって、実体がなく〈無〉というに等しいものであるから、無から成る〈宇宙〉は〈一匹の愛嬌あるタヌキのような、何かちょっとした凡庸な存在が眠って見ている夢である。〉と、何ともユーモラスな表現になる。宇宙についての学説には、輪ゴム宇宙論説、超ひも理論説、平行宇宙論説、M理論（膜理論）説等々、百説あって、さすがに聡明な柳内やすこにとっても、とても付き合いきれないから、宇宙とは、結局は、夢のようなものだ、人知の及ばぬものだと諧謔味を発揮したと考えられないこともない。彼女は、詩人として、幾度も、神の存在を想定するか、気を取り直して、科学的思考を続けるかの分岐点に立ち続けてきたように思える。

柳内やすこは、実人生において、クリスチャンであるが、このことと、科学的思考との微妙な関係に、彼女の詩の本質があると思う。彼女の宇宙的思考には、知的認識だけでは満足できない隠された欲求がひそむのである。

第一詩集『輪ゴム宇宙論』「産んだ場所」で、作者は、自分が二人の子供を産んだ産院の建物について書いている。普段と変わらず田んぼの中に佇んでいる三階の産室。私が二人の子供を〈産んだ場所〉は、〈地球が回転していることを思えば／私が長女を産んだところと／長男を産んだところとは／本当は宇宙のなかで／遠く隔たった場所なのだろう〉。宇宙が猛スピードで膨張を続け、地球が回転していることを思えば、二人を産んだ産室は、奈良県天理市の同じ産院の産室であっても、宇宙空間は異なっているはずだという発見を基にした作品である。もし見える眼があるとすれば、産室の外の宇宙は、例えば銀河鉄道の車窓から見える風景のように、星々をちりばめ、神秘を湛えて遠ざかり、無限に広がっているはずだというのである。このような宇宙感覚は、宇宙科学の知識に基づきながら、どこかに神を隠していると私には思える。

彼女の宇宙思考は、人生をどう生きるかという生き方の問題とも深く繋がっている。

第三詩集『地上の生活』所収の「地上の高さ」冒頭の部分をまず引く。

赤道半径六千三百七十八キロメートル／極半径六千
三百五十七キロメートル／わずかに両極から押しつ
ぶされたような回転楕円体の地球を／およそ千キロ
メートルの厚さの大気が取り巻いている／大気圏の
うち高さ十キロメートルまでを対流圏といい／水蒸
気を多く含んだ濃い大気が対流している

作者は、〈風や雲・雨などの気象の変化がみられる／地表から十キロメートルまでを／〈地上の高さ〉と思う〉と書き、自分が生きる空間を、地球の表面を覆う地上からの高さ僅か十キロメートルばかりの空気の層の中だという。広大な宇宙のこの奇蹟ともいうべき空間で、今日はよいお天気ですねとか、寒くなりましたねとか言ったりしながら、地上の生活を送るのだというのである。我々人間の日常生活が、いかに奇蹟的であるか、という認識の背後には、又しても神が隠れているとしか言いようがないのである。

第三詩集所収「洗濯」の一部を引く。

私はどんなことがあっても／洗濯物を美しく干す／色とりどりの大小の、風になびく衣類は／さわやかな生活の幸福である／たとえ残された人生の大半が／洗濯と掃除と買物と炊事と知的あるいは非知的井戸端会議の／単調な繰り返しであったとしても／そして平凡の向こうに／信じられない人類の滅亡の影が／少しずつ迫りつつあるとしても／最後の朝にも／私はきっと籠一杯の洗濯物を太陽と風にさらす…

なんと強く美しい言葉だろう。これはまさに信じる神への信仰告白であると言ってよい。

彼女は宇宙を、〈愛嬌あるタヌキのような〉〈凡庸な存在〉の見ている不確かな夢のようなものだと、その存在の不思議に諧謔を弄しながら、実は、タヌキやコスモスを含む、地球上の森羅万象が、夢の連鎖によって繋がっていて、それらの夢の背後に、それらの夢を包摂する大いなる夢の存在を想定しているのである。

私は『夢宇宙論』の帯文を次のように書いた。

「この詩集には、整然として美しい宇宙の数式のようなものが隠されている。星々や、人間や、地上のすべての存在は、その大いなる数式の欠片(かけら)であって、ために微小な存在であろうとも輝くのだという詩想が、慰藉と深い歓びをともなって感得させられる。…」

〈整然として美しい宇宙の数式〉とは、宇宙の物理のことであると同時に神の摂理のことでもある。

第一詩集『輪ゴム宇宙論』から第四詩集『夢宇宙論』まで二十三年の歳月が流れているが、彼女の〈詩想〉の本質は一貫して変わらない。

長い実人生の経験から、作品の素材に当然ながら変化はある。例えば、第一詩集で、我が子の出産・誕生をうたった彼女は、第四詩集では、父や祖母の死を経験しなければならなかった。我が子の誕生の歓びと肉親の死の悲しみという素材上の大きな変化はあるけれども、作品の根底を流れる詩想は、一貫して変わっていない。彼女にとっては、人間の生も死もすべて〈美しい宇宙の数式〉の営みの結果なのである。第四詩集『夢宇宙論』の絶唱「星の欠片（かけら）」全編を引く。

「さようなら」と兄が言った／晩秋の小雨降る教会墓地で／兄と二人並んで／父の骨をひとつひとつ手に取り／墓石の前の穴に入れた／／数十億年前宇宙のどこかで／滅びた星が爆発し／ばら撒かれた欠片（かけら）が長い時をかけて集まり／太陽ができ／地球ができた／私たちの体をつくる元素もまた／その星の遺したものという／／だからいつか／地球がバラバラになったなら／父も私たちも皆再び散らばって／新しい星と生命に生まれ変わるかもしれないね／／「またいつか」と私は心で言った／フルートが静かに讃美歌を奏でていた／サラサラと乾いた白い粉が少し手に残った

〈新しい星と生命に生まれ変わる〉という宇宙科学に基づく壮大な〈転生〉の、再会の物語がここにある。人間を含む森羅万象はみな〈星の欠片〉であって、それらは遥かな時間のもとにいつかはまた生まれ変わるのだというのである。

死んでおしまいというのではない。〈いつかまた〉愛する人に再会できるという詩想は、彼女の内部で神と科学が美しい融合を遂げている証しである。ここには深い慰藉がある。

柳内やすこという詩人の作品には〈整然として美しい宇宙の数式〉、神秘な神の摂理のようなものが隠されているのである。

「詩と思想」二〇一三年八月号

柳内やすこ年譜

一九五七年（昭和三十二年）　当歳
　九月七日、大阪市天王寺区に、会社員阿部三郎、篤子の長女として生まれる。康子と命名される。四歳年上の兄健一と祖母小西薫と五人家族。まもなく父の転勤で岡山県西大寺市（現岡山市）に転居。

一九六五年（昭和四十年）　八歳
　父の転勤で大阪府豊中市に転居。豊中市立原田小学校に転入する。作文や音楽が得意で大変活発な子供だった。近所の上級生に誘われて教会学校に通う。

一九七〇年（昭和四十五年）　十三歳
　豊中市立第一中学校入学。卓球部を数カ月で退部後、吹奏楽部でアルトサックスを演奏する。思春期に入り性格が少し大人しくなる。同級生に誘われてカトリック教会に通う。

一九七三年（昭和四十八年）　十六歳
　大阪府立北野高等学校に入学。剣道部を数カ月で挫折後、サッカー部マネージャーとなる。学業だけでなく体育の厳しい学校で、淀川沿いのマラソンやプールでの飛び込み・潜水、縄跳びの後ろ二重跳び等次々と与えられる課題に苦しんだ。体育の追試が定期試験期間中にあって大変だったのも、懐かしい思い出である。

一九七四年（昭和四十九年）　十七歳
　作品「幼い心の詩」で、文部省後援全国学芸コンクール高校詩部門優勝。旺文社社長賞・ＮＨＫ会長賞受賞。選者は山本太郎氏。授賞式のため父と兄に付き添われて初上京する。「神田川」作詞家の喜多條忠さんより、激励の便りと著書が届く。

一九七六年（昭和五十一年）　十九歳
　大阪大学人間科学部入学。悩み多き思春期を脱して、活気を取り戻す。ギター部でタンゴバンドに所属。母がキリスト教会に行き始め、一緒に礼拝に行くようになる。教会の人々の第一印象は「明るい」ことだった。

一九七八年（昭和五十三年）　二十一歳

日本バプテスト同盟曽根教会で、母と祖母と共に受洗。司式の清水義樹牧師によると、親子三代の同時受洗は極めて珍しいということだった。大学卒業までオルガニストと教会学校教師を務める。大学では文化人類学を専攻。青木保助教授の指導で卒論「文化と色彩分類」を書く。

一九八〇年（昭和五十五年）　二十三歳

大阪大学卒業後、ＹＷＣＡに就職するが、仕事に馴染めず、二カ月でシャープ㈱に転職。配属は奈良工場の電卓事業部第一技術部で女子寮に入る。その頃シャープに共同開発に来ていた若き日の孫正義さんと共に電訳機の製作に携わる。私は入力する英文のチェック等をしていた。孫さんは目がきらきら輝いて誠実そうな青年だった。

一九八一年（昭和五十六年）　二十四歳

職場で出会った柳内繁信と結婚し、シャープを退職。奈良県天理市に住む。日本キリスト教団大和郡山教会に転籍し、奏楽奉仕を再開。

一九八二年（昭和五十七年）　二十五歳

主婦業と家庭教師の傍ら、近所の書店で偶然見つけた「詩学」に詩の投稿を始める。詩学社の嵯峨信之氏の紹介で、詩誌「七月」（三井葉子氏主宰）同人となる。大阪での隔月の合評会には安西均氏や角田清文氏が参加され、大変恵まれた環境で現代詩創作の手解きを受けることになる。

一九八三年（昭和五十八年）　二十六歳

長女美砂出産。

一九八四年（昭和五十九年）　二十七歳

「詩学」2月号投稿欄で「輪ゴム宇宙論」、11月号で「疲れた牡蠣（かき）」が一席になる。「詩と思想」12月号詩作品アンソロジーに、一色真理氏の推薦で「輪ゴム宇宙論」収録される。

一九八五年（昭和六十年）　二十八歳

「詩学」2月号〈新人作品特集〉に「聡明なものへ」

を発表。新人推薦を受けたことで投稿欄を卒業となり、不安と寂しさを覚える。

一九八六年（昭和六十一年）　二十九歳

長男隆出産。「現代詩ラ・メール」に投稿を始める。よく入選させて頂いたが、一度自信作が落選した時、若気の至りで新川和江氏に、なぜ落ちたのでしょうかとお便りを送る。ていねいな説明とご指導のお返事が来て感動する。後年新川先生よりお葉書や著書を頂くようになる。

一九八七年（昭和六十二年）　三十歳

詩誌「七月」終刊後、一部の同人を中心として詩誌「アリゼ」（以倉紘平氏主宰）が創刊される。創刊号の合評会には嵯峨信之氏や大野新氏が見えて華やかな出発となる。以後隔月の「アリゼ」合評会では長年にわたり大野氏の批評を受ける。

一九八九年（平成元年）　三十二歳

「ミセス」3月号詩苑に「影」が一席入選（新川和江氏選）。詩学研究会主催の吉野花見で、伊藤桂一氏と初めてお目にかかれる。伊藤先生に跋文を頂き、第一詩集『輪ゴム宇宙論』（詩学社）出版。書名は嵯峨先生に「輪ゴム宇宙論いいでしょう。少しは手を振り上げたような、今日的積極性があっていいと思います。」とのお墨付きを頂き決定した。秋には「アリゼ」同人の「五冊の詩集を祝う会」（桃谷容子・吉崎みち江・服部恵美子・松本昌子・柳内やすこ詩集）を開催して頂く。各詩集の跋文を書かれた吉原幸子、安西均、大野新、安水稔和、伊藤桂一の諸氏の他、嵯峨信之、杉山平一、青木はるみの各氏等多くの詩人が出席下さり、盛大な会だった。奈良県橿原市に転居。

一九九〇年（平成二年）　三十三歳

『輪ゴム宇宙論』がH氏賞候補に上がり、最終選考で次次点となる。また、同詩集により第九回銀河詩手帖賞受賞。選考委員は杉山平一、犬塚尭、磯村英樹、有馬敲の諸氏。犬塚先生には手紙や電話で指導を頂くようになる。「現代詩手帖」8月号現代詩の前線［新人特集］に「呼吸する地球」「昆虫館」を発表。「詩学」

12月号小特集〈「歴史」の発見――詩への通路として〉に詩論「物理学の歴史と詩の創造について」を執筆。詩誌「木々」（鈴木亨氏主宰）創刊同人となる。

一九九一年（平成三年）　三十四歳

「木々」合評会参加のため上京。伊藤桂一氏が「田舎から一人で出てくるのだから」と心配して下さって、久宗睦子さん、原利代子さん、春木節子さんと共に新幹線ホームまで出迎えて下さる。帰りは伊藤先生がタクシーで東京駅に送って下さり新幹線車両内で発車まで付き添って下さった。「ラ・メール」秋号特集〈新鋭作品展〉に「詩句の星」発表。祖母小西薫逝去。

一九九二年（平成四年）　三十五歳

第二詩集『プロミネンス』（詩学社）出版。日本現代詩人会入会。ペッパーランド編『母系の女たちへ』（現代企画室）に詩とエッセイで参加。「ラ・メール」秋号特集〈同人誌・水平線〉に「健やかな宇宙」発表。運転免許取得。Z会中学数学添削業務等の仕事を始める。

一九九三年（平成五年）　三十六歳

『プロミネンス』がH氏賞ならびに日本詩人クラブ新人賞候補となる。「詩と思想」シンポジウム「現代詩の未来を語る」に一色真理、佐川亜紀、柴田三吉、平居謙の諸氏と共にパネラーとして参加。義母柳内敏子逝去。

一九九四年（平成六年）　三十七歳

「詩と思想」8月号に現代詩論「私が宇宙だったとき」を執筆。

一九九五年（平成七年）　三十八歳

『日・韓戦後世代一〇〇人詩選集―青い憧れ―』（書肆青樹社・日韓同時刊行）に「輪ゴム宇宙論」「疲れた牡蠣」「ダイオキシン」収録される。日本キリスト教詩人会入会。「詩と思想」12月号座談会〈現代詩の未来を語る〉に相沢正一郎、柴田三吉、佐川亜紀の諸氏と参加。

一九九六年（平成八年）　三十九歳

「詩と思想」9月号に小詩集「知らない場所で」と題

して「方法」他三篇発表。日本キリスト教詩人会編詩華集『イエスの生涯』（教文館）に詩一篇を収載。「アリゼ」船室（エッセイ欄）に翌年にかけて4回「色彩の文化人類学」を連載する。

一九九七年（平成九年）　四十歳
『詩と思想詩人集』（土曜美術社出版販売）に初めて参加。以後毎年参加する。

二〇〇一年（平成十三年）　四十四歳
『21世紀日韓新鋭一〇〇人詩選集―新しい風―』（書肆青樹社・日韓同時刊行）に「洗濯」「買物」収録される。

二〇〇二年（平成十四年）　四十五歳
第三詩集『地上の生活』（土曜美術社出版販売・21世紀詩人叢書46）出版。

二〇〇三年（平成十五年）　四十六歳
『地上の生活』が日本詩人クラブ新人賞候補になる。「福音と世界」6月号コラムで柴崎聰氏が、当詩集から作品「手」を取り上げて下さり、翌年柴崎氏の著書『詩の喜び詩の悲しみ』（新教出版社）に収録される。後年柴崎氏がこの本を女子大の講義でテキストとされた際、レポートのテーマに「手」が多く選ばれたとの報告を頂く。母親の愛情を詠った詩なので、女子学生の支持を得たものと思う。

二〇〇四年（平成十六年）　四十七歳
詩誌「禾」（本多寿氏主宰）7号に亀澤克憲氏が「井戸端会議に生きる」と題し『地上の生活』について9頁の評を書いて下さり、韓国の詩誌「詩評」15号に翻訳掲載される。「アリゼ」船室に「ユダヤの伝説」の執筆を始める（3年間で11回連載）。関西詩人協会十周年記念会で伊藤桂一氏と久しぶりにお会いした折「大きくなったね。」と言われ、子供になった気分を味わう。

二〇〇六年（平成十八年）　四十九歳
長女美砂が同志社大学工学部を卒業、銀行員になる。日本キリスト教詩人会編詩華集『聖書の人々』（教文館）に詩二篇を収載。

二〇〇七年（平成十九年）　五十歳

「詩と思想」3月号理科系の想像力特集に「夢宇宙論」を発表。編集長の一色真理氏に、「輪ゴム宇宙論」のような詩を行数制限なしで書いて下さいと依頼頂き、集中し張り切って書きあげた。後に短く纏めたものが第四詩集の表題作となる。鈴木亨氏が急逝され「木々」が終刊となる。

二〇一〇年（平成二十二年）　五十三歳

長女美砂が水野芳正と結婚。

二〇一一年（平成二十三年）　五十四歳

長男隆が京都府立医科大学を卒業、内科医になる。父阿部三郎逝去。

二〇一二年（平成二十四年）　五十五歳

第四詩集『夢宇宙論』（土曜美術社出版販売）出版。「詩と思想」9月号巻頭詩「白」を執筆。

二〇一三年（平成二十五年）　五十六歳

『夢宇宙論』が三好達治賞ならびに小野十三郎賞候補となる。また、同詩集により第九回日本詩歌句大賞特別賞受賞。選考委員は、菊田守、川端進、田中眞由美の諸氏。東京での授賞式には「アリゼ」の関東在住同人の方々が参列して下さる。日本キリスト教詩人会編詩華集『聖書の女性たち』（教文館）に詩二篇収載。「詩と思想」8月号では以倉紘平氏に「柳内やすこ論」を執筆して頂く。またこの年、長男隆が石川綾香と結婚。長女美砂が女児水野優菜を出産。夫繁信はシャープ㈱を定年退職、翌年日本電産㈱に再就職。

二〇一五年（平成二十七年）　五十八歳

長男の嫁綾香が女児柳内咲里（さり）を出産。日本現代詩歌文学館振興会評議員に就任。「詩と思想」12月号バイリンガルポエム欄（藤井雅人氏）に「いつか書く詩」の英訳が掲載される。

新・日本現代詩文庫 129 柳内（やなぎうち）やすこ詩集

発行 二〇一六年五月二十日 初版

著者 柳内やすこ
装幀 森本良成
発行者 高木祐子
発行所 土曜美術社出版販売
〒162-0813 東京都新宿区東五軒町三—一〇
電話 〇三—五二二九—〇七三〇
FAX 〇三—五二二九—〇七三二
振替 〇〇一六〇—九—七五六九〇九
印刷・製本 モリモト印刷

ISBN978-4-8120-2295-5 C0192

新・日本現代詩文庫

土曜美術社出版販売

- ⑩⑨ 郷原宏詩集　解説　荒川洋治
- ⑪⓪ 永井ますみ詩集　解説　有馬敲・石橋美紀
- ⑪① 阿部堅磐詩集　解説　里中智沙・中村不二夫
- ⑪② 新編石原武詩集　解説　秋谷豊・中村不二夫
- ⑪③ 長島三芳詩集　解説　平林敏彦・禿慶子
- ⑪④ 柏木恵美子詩集　解説　高山利三郎・比留間一成
- ⑪⑤ 近江正人詩集　解説　高橋英司・万里小路譲
- ⑪⑥ 名古きよえ詩集　解説　中原道夫・中村不二夫
- ⑪⑦ 新編石川逸子詩集　解説　小松弘愛・佐川亜紀
- ⑪⑧ 佐藤真里子詩集　解説　小笠原茂介
- ⑪⑨ 河井洋詩集　解説　古賀博文・永井ますみ
- ⑫⓪ 戸井みちお詩集　解説　高田太郎・野澤俊雄
- ⑫① 金堀則夫詩集　解説　小野十三郎・倉橋健一
- ⑫② 三好豊一郎詩集　解説　宮崎真素美・原田道子
- ⑫③ 古屋久昭詩集　解説　北畑光男・中村不二夫
- ⑫④ 佐藤正子詩集　解説　篠原憲二・佐藤夕子
- ⑫⑤ 川端進詩集　解説　中上哲夫・北川朱実
- ⑫⑥ 桜井滋人詩集　解説　竹川弘太郎・桜井道子
- ⑫⑦ 葵生川玲詩集　解説　みもとけいこ・北村真
- ⑫⑧ 今泉協子詩集　解説　油本達夫・柴田千晶
- ⑫⑨ 柳内やすこ詩集　解説　伊藤桂一・以倉紘平

〈以下続刊〉

- 中山直子詩集　解説〈未定〉
- 柳生じゅん子詩集　解説〈未定〉
- 瀬野とし詩集　解説〈未定〉
- 鈴木豊志夫詩集　解説〈未定〉
- 沢聖子詩集　解説〈未定〉
- 住吉千代美詩集　解説〈未定〉
- 柳田光紀詩集　解説〈未定〉

- ① 中原道夫詩集
- ② 坂本明子詩集
- ③ 高橋英司詩集
- ④ 前原正治詩集
- ⑤ 三田洋詩集
- ⑥ 本多寿詩集
- ⑦ 小島禄琅詩集
- ⑧ 新編菊田守詩集
- ⑨ 出海溪也詩集
- ⑩ 柴崎聰詩集
- ⑪ 相馬大詩集
- ⑫ 桜井哲夫詩集
- ⑬ 新編島田陽子詩集
- ⑭ 新編真壁仁詩集
- ⑮ 南邦和詩集
- ⑯ 星雅彦詩集
- ⑰ 井之川巨詩集
- ⑱ 新々木島始詩集
- ⑲ 小川アンナ詩集
- ⑳ 新編井口克己詩集
- ㉑ 新編滝口雅子詩集
- ㉒ 谷　敬詩集
- ㉓ 福井久子詩集
- ㉔ 森ちふく詩集
- ㉕ しま・ようこ詩集
- ㉖ 腰原哲朗詩集
- ㉗ 金光洋一郎詩集
- ㉘ 松田幸雄詩集
- ㉙ 谷口謙詩集
- ㉚ 和田文雄詩集
- ㉛ 新編高田敏子詩集
- ㉜ 皆木信昭詩集
- ㉝ 千葉龍詩集
- ㉞ 新編佐久間隆史詩集
- ㉟ 長津功三良詩集
- ㊱ 鈴木亨詩集
- ㊲ 埋田昇二詩集
- ㊳ 川村慶子詩集
- ㊴ 新編大井康暢詩集
- ㊵ 米田栄作詩集
- ㊶ 池田瑛子詩集
- ㊷ 遠藤恒吉詩集
- ㊸ 五喜田正巳詩集
- ㊹ 森常治詩集
- ㊺ 和田英子詩集
- ㊻ 伊勢田史郎詩集
- ㊼ 鈴木満詩集
- ㊽ 曽根ヨシ詩集
- ㊾ 成田敦詩集
- ㊿ ワシオ・トシヒコ詩集
- (51) 高田太郎詩集
- (52) 大塚欽一詩集
- (53) 香川紘子詩集
- (54) 井元霧彦詩集
- (55) 高橋次夫詩集
- (56) 上手宰詩集
- (57) 網谷厚子詩集
- (58) 門田照子詩集
- (59) 水野ひかる詩集
- (60) 丸本明子詩集
- (61) 村永美和子詩集
- (62) 藤坂信子詩集
- (63) 門林岩雄詩集
- (64) 新編原民喜詩集
- (65) 新編濱口國雄詩集
- (66) 日塔聰詩集
- (67) 武田弘子詩集
- (68) 大石規子詩集
- (69) 吉川仁詩集
- (70) 尾世川正明詩集
- (71) 岡隆夫詩集
- (72) 野仲美弥子詩集
- (73) 葛西洌詩集
- (74) 只松千恵子詩集
- (75) 鈴木哲雄詩集
- (76) 桜井さざえ詩集
- (77) 森野満之詩集
- (78) 坂本つや子詩集
- (79) 川原よしひさ詩集
- (80) 前田新詩集
- (81) 石黒忠詩集
- (82) 壺阪輝代詩集
- (83) 若山紀子詩集
- (84) 香山雅代詩集
- (85) 古田豊治詩集
- (86) 福原恒雄詩集
- (87) 黛元男詩集
- (88) 山下静男詩集
- (89) 赤松徳治詩集
- (90) 梶原禮之詩集
- (91) 前川幸雄詩集
- (92) なべくらますみ詩集
- (93) 津金充詩集
- (94) 中村泰三詩集
- (95) 和田攻詩集
- (93) 藤井雅人詩集
- (97) 馬場晴世詩集
- (98) 鈴木孝詩集
- (99) 久宗睦子詩集
- (100) 水野るり子詩集
- (101) 岡三沙子詩集
- (102) 星野元一詩集
- (103) 清水茂詩集
- (104) 山本美代子詩集
- (105) 武西良和詩集
- (106) 竹川弘太郎詩集
- (107) 酒井力詩集
- (108) 一色真理詩集

◆定価(本体1400円+税)